# 蝌蚪

弋舟 作品

作家出版社

弋舟：“70后”作家。有大量长中短篇小说见于重要文学刊物，被选刊转载并辑入年选；作品入选中国小说学会年度排行榜，当代中国文学最新作品排行榜，获郁达夫小说奖，《小说选刊》年度大奖，《西部》文学奖，《青年文学》奖，《十月》文学奖等多种奖项；著有长篇小说《跛足之年》《蝌蚪》《战事》《春秋误》《我们的踟蹰》，长篇非虚构作品《我在这世上太孤独》，随笔集《从清晨到日暮》，小说集《我们的底牌》《所有的故事》《弋舟的小说》《刘晓东》等。

甘肃省文学艺术界联合会

　　我的虎鬼。我总是不由自主地这样称呼她——我的虎鬼。即使在她还与我毫无关系的时候，我就已经在心里这样称呼她了。就像郭沫若，说起丁玲，喜欢说成"哈丁玲"，带种土话的味道。那意思就是，这人，是属于我的。郭沫若说"哈丁玲"，在我听来是很滑稽的，所以我知道，我说"我的虎鬼"，多少也是滑稽的。可是我又发现，信徒们说起纪的主时，也会说成"我的上帝"！这样一想，我就能够心安理得地呼唤虎鬼了，我呼唤她——我的虎鬼！

　　虎鬼之于我，更多是怀着神奇的力量。我喝得酒气冲天，从郭沫若那里一脉相承下来的流氓根性就混合着酒精暴露无遗。我成了一个粗鄙的人，一个幻想以暴力行事的人。我冲进马斯列的卧室，幻想着把她打个半死：揪住她头发，一巷一巷地揪下来，从窗子扔出去，把血

作者手迹

在没有上帝和天使护卫的行程中

我就靠天边外的一片彩云活着

我不能不把它画下来

挂在床头

——赫塔·米勒《我怕故我写》

# 第一部

## 十里店

# 一

　　十里店被山环抱着。它是去往兰城的必经之地，兰城电厂就建在这里，因此它和兰城有着千丝万缕的联系。气势磅礴的电流，通过蜘蛛丝一般错综复杂的电网，从这里输送进兰城，支撑起了兰城那种活色生香的风度。

　　生活在十里店的那些日子，少年的我，经常会在夜晚游荡在黑暗的街边。这真的是奇怪，拥有着一座发电厂，十里店自己最初却总是黑暗着。那时它的夜晚漆黑一团，却有万丈的光芒从头顶奔涌而去。这种光芒的流逝，不是无声无息的，尤其在夜晚，电流滚滚而去的声音，就是一种沉闷的呼啸之声，嗡嗡地，响得人无限空虚。我徘徊在街边，在电流的蜂鸣声里浮想联翩。这个时候，我觉得十里店品格高尚，是到死丝方尽的春蚕，是成灰泪始干的蜡炬。所以，我就更加不能理解，这样一个具备着崇高美德的地方，怎么就会被郭有持这样的人把持。

　　郭有持只是兰城电厂的一名普通工人。但就是他，一度却左右着十里店的日常秩序。我从记事起，就知道郭有持还有个名字，叫郭镰刀。我在电厂的幼儿园里哭闹，一个新来的小阿姨厌烦起来，过来拧我耳朵。其他阿姨就被吓到了，过来劝，说：

"快松手！快松手、快松手啦！这是镰刀的儿子！"

镰刀？郭有持的这个诨号是因何而来的呢？是他用镰刀砍过人吗？好像不太可能，郭有持善于使用的是菜刀。我见过他手持菜刀在十里店的街上追赶一个肥胖的男人。那男人出奇的肥胖，跑得却出奇的快，一阵风似的，就从我的视野里消失了。精瘦利落的郭有持没追上人家，一回头，就看到了我。他走过来把手里的菜刀塞进我怀里，说：

"拿回去拿回去，老子还要去打牌。"

我把菜刀塞进书包里。一下子，我就觉得肩膀塌了下去，走路都是深一脚浅一脚的了。

后来有一次，郭有持在家里将这把菜刀亮了出来，这一次，他是用这把菜刀追我妈。此菜刀非彼菜刀，此菜刀不是用来切菜的，它不是我们家厨房的那把。此菜刀专属郭有持，是他的私有财产，被他打磨得寒光闪闪；刀背也没那么厚，只是薄薄的一片，拎在手里却重如磐石——它的重量来自郭有持，郭有持赋予了此把菜刀磐石般的重量。

郭有持用它统治了十里店，如今又用来统治家庭。当时郭有持拎着菜刀追我妈，不是要砍我妈，是要我妈来砍他。他在外面和人打牌，一夜之间，把自己的房子输掉了。那房子其实也不完全是他的，是电厂的，只是被他长期霸占着，租出去坐收渔利，成为我们家一项稳定的收入来源。可是，郭有持把房子输给了十里店人武部的李响部长。我妈当然很绝望。

今天想起来，我妈的绝望应该不止房子被输掉这一件事，她的绝望是累积起来的。

我妈和郭有持之间并没有法律许可的关系，他们根本没有履行过婚姻登记，就那么住在了一起，就那么生下了我。这在上世纪八〇年代是令人难以置信的，但对于郭有持，却是不足为奇的事。他不由分说，擅自就搬进了我妈的宿舍。我妈也是电厂的工人，有一天她下班回家，就看到郭有持已经撬开了她的房门，把自己的一堆破烂家什搬了进去。之前郭有持还是比较正规地追求过我妈，也去我妈的车间里找过我妈，也在我妈的门外抽过一地的烟头。但是，隐忍和徘徊，并不是郭有持善于的方式。最终，他还是采取了不正当的手段。而不正当的手段，实在总是那么有效。电厂的领导对这件事情无能为力。那个时候，领导都无能为力的事情，你说我妈能有什么办法？领导们只是想收回分给郭有持的房子：喏，其他双职工结婚后都要退掉一处房子的，你郭有持如今也结婚了，就也退一处吧？他们这样说，实际上是助长了郭有持的气焰，说明他们已经以组织的名义认可了郭有持的婚姻。即便这样，郭有持也不妥协。他不退房子，他说：

"谁说我结婚了？结婚证呢？"

他这样颠来倒去的，很让人有真理在握的感觉。什么都是他说了算，慢慢地，大家习惯了，他也习惯了。

郭有持就是这样的人，什么时候都理直气壮，就像他时常做的那样：两根手指一弹菜刀，刀面就理直气壮地会当啷一响。他输了房子，我妈绝望，如果他还用菜刀砍我妈，那他就理屈。但是，他要我妈用菜刀砍他，他就理直气壮了。我亲眼看见的，郭有持"噌"的一下亮出菜刀。我妈立刻一声惊叫。她的这声叫，在我听来，都盖不住菜刀亮出时"噌"地那一声。那一声实在是太响亮了，我都以为郭有持终于要杀我妈了。我都几乎想冲上去，用自己的脑袋，或者脖子，去掩护我妈。但，郭有持却是要求我妈来砍他。他理直气壮地把菜刀强硬地塞过去。我妈倒像一个大错特错了的人，连连后退。这样就成了一个郭有持操刀追赶我妈的场面。我妈在房子里躲不过，只好落荒而逃。郭有持得理不让人的样子，追出电厂家属区，追到十里店街头，一直把我妈追到荒山上，消失在密集的输电塔群中。

后来是我找到了我妈。

我逡巡在黑暗的十里店，在嗡嗡作响的电流声中，辨别出一丝嘤嘤之声，那是我妈的啜泣。她蜷缩在一家寒酸的小旅馆的门洞里，看到我就像看到了自己的爹，一下子把头埋在了我的怀里。那时候我不过十一二岁吧，却真是觉得自己伟岸起来。我用手温柔地环抱着我妈的头，手指插进她的头发里不断地摩挲。我们母子俩的这个姿势没有维持很久。因为我很困。我在我妈身边坐下来，靠着她。头顶呼啸而过的电流声很快就把我弄睡着了。

醒来的时候，我却是在家里了。我想，是我妈把我抱回来的吧？那时候我大概已经有一米五那么高了，我妈也不过一米六吧，她是怎么把我抱回去的呢？我张开眼睛，看到我妈的背影在光线里若有若无。她在照镜子，是在梳头吧，披散开的长发，边缘被太阳照出一圈浮动着的袅袅的光。

那个时候是春天，我家的屋外不时有一两声鸟儿的啁啾。我妈很仔细地梳了头，还抹了面霜之类的东西。我们这个家，经年不散的是郭有持的气味、烟味、酒味、菜刀味，混合着，就是一种类似硫酸一般的凛冽味。但是在这个早晨，我妈抹在脸上的面霜，那种馥郁的芬芳，终于全面占领了空气。我妈在整理她的裙子。嘿！她穿了条裙子呀，苹果绿！她在系腰侧的拉链，腰很好看地侧向一边，系好了，又挺一挺胸，让裙子在身上服帖下来。我觉得，在春天里，在一片光明之中，在鸟儿的啁啾声里，看我妈的这番动作，有一种优雅和文明之美，让她看起来都好像是春天里一棵发芽的树了。

那一天是我妈送我去上学的。我已经迟到了，我想我妈可能是陪我去向老师解释。我觉得这没必要。因为电厂附小的老师们都知道，我是镰刀的儿子。他们根本不会干涉我，我好好学习，天天向上，完全靠的是自觉。在路上我妈心平气和地告诉我，她决定离开十里店了。她说得很郑重，对我的态度也很平等，不像是做妈的跟儿子说话，像是对朋友那样地对我说：她要去找一个自己曾经的追求者，那人很有知识、很体面，在遥远的地方，一直等待着她。

我被我妈的这番话鼓舞起来，也很为她的前景感到喜悦欣慰。

"你也要好好读书，只有读书，才能让你离开这里。"我妈说，"你又不像妈妈，还有个地方可去，你得学习学习再学习，那样，你才能跑出去，离开十里店。"

我妈说："你也看到了，这地方实在不是个讲道理的地方，充满了你爸这样的人，到处都是歪风邪气。"

接着我妈对我简单地回顾了一下她的历史，说她从兰城的电力技校毕业后，如何倒霉地分配到了这里，又如何被郭有持觊觎上；她曾经求助于组织，但最终还是落在了郭有持的手里。我妈下结论道：

"其实，我在本质上就是和你爸对立着的人！"

如果不是已经到了学校门前，我想，我妈一定还能告诉我更多的事情，也能给予我更多的教诲。那时，我心里充满了要努力学习的斗志，因为我知道了，不如此不足以使自己远离郭有持。所以到了学校门口，我就有些迫不及待，想赶快坐进教室里。于是我跟我妈的告别就有些敷衍了事。我挥了下手，就跑进校门了。

# 二

　　我妈走了，郭有持并没有什么过激的反应。他只是更加懒散了，电厂的那份工作干得更是三天打鱼两天晒网。这也难怪，郭有持不但心如钢铁，而且还有自知之明。他可能也早料到了，我妈这个和他在本质上对立着的人，总有一天会展翅高飞。

　　我妈走了不久，郭有持就把徐未带回来了。徐未我是认识的，她是我们同学赵挥发的妈。我挺疑惑的，我想，赵挥发的妈怎么跑我家来了？电厂生活区，是由一排排青砖砌成的平房构成的，散布的那几栋楼房，住的是电厂的领导们。本来赵挥发家是住在楼房上的，所以，我对徐未舍高就低地跑到我们家，就更是不能理解。

　　徐未穿着件青灰色的外套，上面口袋非常多，中间有根暗绳可以用来系出腰姿。这种衣服叫兰博衫，那一年非常流行，著名电影《第一滴血》里的战斗英雄兰博，就穿这衣服。我知道，这衣服是郭有持的，可是那天却穿在徐未身上。

　　徐未进来得比较勉强，被郭有持推推搡搡的。郭有持喝酒了，兰博衫穿在徐未身上，他就只穿了件跨栏背心，露出来的肩膀和胳膊，都红彤彤地泛着酒色。我正趴在小桌上写作业，被这两个人打断，不免就心不在焉起来。我就着我们家昏黄的灯泡审视徐未，分析郭有持的兰博衫是如何套在她身上的。郭有持对我熟视无睹，倒是徐未一直在看我，眼神总是越过郭有持的阻挡，惊惶地投向我。

郭有持进门后就把徐未往床上推，被徐未挣扎着反抗，总是不能得逞。徐未的挣扎与反抗当然不是那种义无反顾的，那样的话，她就不会穿着郭有持的兰博衫了。她穿着郭有持的兰博衫，这说明，他们之间的关系，不可能是那种敌对的关系。她之所以在拒绝郭有持的企图，是因为了我。徐未惊恐的眼神，时而从郭有持的肩头，时而从郭有持的腋下，凌乱地投向我。有一下，她居然一猫腰，让郭有持扑了个空，一下子闪到了郭有持的身后，结果就面对面地站在了我眼前。我看到了，那一瞬间徐未是无地自容的。她的脸色苍白，神态涣散，像一只被追打的老鼠，骤然站在了明晃晃的聚光灯下。那一瞬间，徐未巨大的羞愧，让我对她骤生好感。她知道羞愧呢，在我的面前。

郭有持一个恶虎扑食，回头捉住了呆若木鸡的徐未。这时候郭有持才看到我。他也愣了一下，随即对我嚷嚷：

"去去去，出去玩一会儿！"

我一声不吭地起来，把我的语文书和作文本夹在胳膊下，垂着头往外走。出门的时候，我垂着头向后看了一眼，看到的是徐未穿着坡跟皮鞋的两只脚，脚尖翘着，脚跟被拖着滑向了床边。

我出了门，在我家的小厨房里拿了张板凳，找到一个路灯下继续写作业。可是，我的注意力很难集中。我们语文老师说过，注意力不集中，是一个学生的大忌。我当时就犯了这样的大忌。徐未的两只眼睛总是从我的作文本上浮现出来。我觉得，这双眼睛挺绝望的。

我坐在路灯下，偶尔有个骑自行车或者步行的人过去，影子掠过我的作文本，那上面浮现出的徐未的眼睛，就像是被黑色的水淹没而过。我坐了两个多小时吧，一个字也没写出来。然后，我觉得差不多了（什么差不多了？我也说不清楚），就拎着小板凳慢吞吞地往回走。

他们已经睡下了。屋子里漆黑一团。我推门进去，像是掉进一口深不可测的井里。屋子里飘荡着郭有持的呼噜声。我蹑手蹑脚地摸到自己的小床上，听觉与视觉出奇的敏锐。黑暗仿佛一块磨刀的石头，把我打磨成了一个充满警惕的人。我把自己想象成一个训练有素的侦察战士啦：月黑风高的夜晚，潜伏在草丛里，敌人的探照灯不时从我头顶扫荡而过，我沉着镇定，即使燃烧弹点燃我的身体，我也任由烈火焚烧，而不是哇啦哇啦叫着跳起来暴露目标……

所以，徐未刚刚有所行动就被我发现了。她在穿衣服，发出窸窣之声。所谓窸窣之声，就是指细小的摩擦声，但是在我听来，这窸窣之声却是如此喧哗，比郭有持的呼噜声嘹亮得多。郭有持的呼噜声已经成为黑暗的一个组成部分，而这窸窣之声却是黑暗之外的声音，所以格外尖锐。

我看到一个灰影子从那张大床上战战兢兢地爬下来。那是徐未在翻越郭有持，像翻越万水千山一样的艰难。当她终于安全地把双脚落在了地上，而郭有持鼾声依旧，我都暗暗舒出一口气。我看到徐未拎着她的坡跟皮鞋，高抬腿，轻落足，从我的床边无声无息地经过。我以为她要成功了，就要像美丽的阿诗玛一样，逃离地主热布巴拉家，就要马铃儿响来玉鸟儿唱了。但是，她却突然止步不前。她怎么了？莫非是光脚踩上了一颗图钉？我不免为她担忧，支起身子往她的脚下看。这一看，我也有了魂飞魄散的感觉。我看到了什么？我揉了揉眼睛，才可以确定，那是一把菜刀。

它斜插在我家青砖铺就的地面上，不是插在砖缝间，而是硬生生剁在一块整砖上面。我家的砖有多硬，我是最有发言权的，我用榔头往里敲钉子，都要费些力气。可见，此菜刀是被人多么威猛地剁下去，才能屹立不倒。这个威猛地把菜刀剁进砖里去的人，只能是郭有持了。他把菜刀剁进砖里要做什么？很快我就搞明白了。

徐未在这把菜刀面前裹足不前。此菜刀的作用就在这里，它剁进砖里，在月光下投射出清丽的影子，先声夺人，结果，就成功地阻挡住了徐未前进的脚步。它是绊脚石，是夹鼠器，是道路上的障碍，是光明中的阴霾。徐未在那把菜刀面前表现出的踟蹰，至今依旧令我记忆犹新，每每念及，便令我对人生的路途颇感艰难。有好几次，她甚至已经把一只脚迈过了那把菜刀，但她最终还是无法克服自己内心的恐惧。我看到她在那把菜刀面前蹲了下去，给我的感觉是，她要去拔出那把菜刀。莫非要发生这样的事：她挥刀扑回那张大床，手起刀落，郭有持的呼噜戛然而止，于是黑暗也随之终结，光明从天而降。结果当然不是这样。徐未蹲在那里，仿佛一个对着地上的蚂蚁心驰神往的儿童，然后，不知被怎样的情感拨动了心弦，她无声无息地哭起来。我是通过她抖动的肩膀判断出来的，她，哭了。

她的肩膀圆润，脖子修长，在月光下，对着一把菜刀抖索着哭泣。今天想来，我甘愿用这些美好的语言来形容徐未的哭姿，说明我实在是对这个女人，从这一夜起就充满了深切的眷恋。

这种眷恋的情绪来得非常猛烈，以至于我把它写进了我的作文里。那一夜，当徐未最终又摸回了那张大床，我和她都整夜辗转，难以入眠。我能够听到徐未来回翻身的声音。她一会儿趴着睡，一会儿侧着睡，不时发出一声轻幽的叹息。我呢，却在脑子里构思起一篇作文来。他们进门前，我正要写这篇作文，结果被他们打断了。我坐在路灯下，也没能写出一个字。而我们语文老师说了，作业，就是你们回家后的工作，就像做饭，是你们的妈妈回家后的工作一样——你们的妈妈回家后，可以不做饭吗？虽然，我回家后已经没有一个妈妈做饭了（我自己动手），但是我认为，这不是我可以不做作业的借口。我一直就是一个很自觉的孩子，从来不因为自己是镰刀的儿子去搞特殊化。

这篇作文的题目叫《记一件难忘的事》。

我想，我在这个夜晚目睹的事情，难道不足以令人难忘吗？我目睹了一个女人的彷徨与苦闷，她让我顿生好感，胸中涌起无法说明的喟叹，就好像老舍先生，目睹了骆驼祥子的悲惨命运，于是萌生出对于劳动人民的同情与爱戴，那种情绪是充沛的，是真情实感，所以，就产生出了伟大的作品。我在这个夜晚，同样情绪充沛地构思着我的作文。我没有料到的是，我的这篇作文，最终会令郭有持挨上一枪。如果我有先见之明，我会让这篇真情实感的作文胎死腹中吗？

# 三

是的，我那不切实际又不合时宜的幻想，来自我的孤独。

我怎么能不孤独呢？你看，从生下来我就活在诡谲的气氛里，还在吃奶的时候，便时常看到郭有持血糊糊地冲进家门。那个时候，郭有持大约还没有奠定他在十里店的地位，尚且处在艰苦卓绝的奋斗阶段，所以，经常会被搞得血糊糊。这个经常被搞得血糊糊的男人，初为人父，也难免新鲜有趣。他也会逗弄自己的儿子，把儿子搂在怀里，把自己的一身鲜血，蹭在这块骨肉的脸和屁股上。我想，那个时候的郭有持，一身伤痛，满怀激烈，把他的儿子搂在胸口之上，大约就是他最大的安慰了吧；等我稍稍懂事，郭有持也在十里店扬名立万了，成为响当当的郭镰刀。他不会再将我抱在胸口之上了。非但他不抱，电厂幼儿园的阿姨都不抱，其他的孩子哭，阿姨们就抱将起来，既安抚，又恐吓，恐吓大于安抚地去处理。我哭，就没人管。阿姨们岂敢恐吓我？不能恐吓我，天经地义，她们当然也就没了安抚的积极性。这种状况愈演愈烈，等到我上小学了，干脆就成了没人搭理的孩子。同学们绕着我走，不小心碰了我一下，就大惊失色的样子。我迟到了，喊报告，老师居然装作听不到，我就自己走进教室坐下，众目睽睽的，老师居然装作看不到，好像我就是一团空气，来无影去无踪。那个时候，我的性格已经被塑造得内向羞涩了。渐渐地，大家也发现了。就有胆大妄为的男生故意骚扰我，把我在后面撞一下，或者经过我的座位时神奇地碰翻我的文具盒，然后你猜怎么着？他们立刻顿足捶胸，懊悔无比的样子，连连告饶道：

"哎呀对不起啊对不起，郭卡我是无意的啊，你饶我一命！"

遇到这样的状况，我能怎样呢？我只有把头垂下去，去幻想，去有力地幻想。我得不到安抚，也得不到恐吓，成为一个无足轻重的人，一个莫须有的存在。我的温暖只来自我妈，可是，她也走了，我不孤独，简直就是奇迹。所以，如果郭有持能明白这一点，他就该原谅我写出的那篇作文。它是白日梦一般幻想的产物，更是一个孤独症患者疑难杂症的体现。

在那篇名为《记一件难忘的事》的作文里，我详尽地再现了那天夜里我所目睹的一切：皎洁的月光，清丽的刀影，一个如儿童一般好奇地蹲下的女人……我觉得，这一部分不是我这篇作文的主题思想，我要在其上抒发更多的情感，就像我们课文里的黄山松，不过是作者抒发伟大情感的道具。我写了：

　　我目睹的一切告诉了我，懦弱，是一件多么可怕的事情，如果我们都像徐未阿姨一样的懦弱，那么，我们伟大的事业就会成为泡影；如果革命先烈们懦弱，那么，怎么会有我们今天的幸福生活？刘胡兰，面对铡刀慷慨就义，永远应该是我们学习的榜样……

结果这篇作文却被广泛地误读了。奇文共赏之，他们不去正确地分析我的主题思想和中心内容，却断章取义，把热情全部放在了前一部分的描述之上。就是说，一叶障目，他们只看到了黄山松，却没有看到黄山松彰显的品格。这说明，不求甚解，甚至是比懦弱更可怕的事情。

事到如今，我都不知道这篇作文是怎么流传出去的。当然，最大的嫌疑犯应该是我们的语文老师唐宋。他是这篇作文的第一个读者，因此，他后来理所当然地被郭有持打断了一条胳膊，一度吊着绷带坚持在讲台之上。但是，我敢肯定唐宋老师是蒙受了不白之冤。那篇作文交上去后，很快就又回到了我的手里，上面红红地批着一个"优"字，一点也让人看不出叵测的样子。当然，这并不足以证明唐宋老师的无辜。因为，仅从作文很快回到我手里这个事实，是什么也说明不了的。其后这篇作文一直就在我手里，一副被很好保密了的样子。结果它的内容还是散布了出去。说不清，道不明，这就足以让唐宋老师断一条胳膊了。更何况他还在这篇作文的后面，批了个红红的"优"字。

我认为这篇作文引起的轩然大波，一定和我的同学赵挥发有关。赵挥发是徐未的儿子，是我们学校仅次于我的另一号怪异人物。我的怪异来自我爹郭有持，赵挥发的怪异来自他爹赵群。这么看来，所有儿子们的怪异，归根结底，都是来自爹的。但是，我们的怪异却截然不同。我怪异得沉默寡言，赵挥发怪异得废话连篇。赵挥发的废话真是多呀，老师正在讲台上讲课，赵挥发就站起来振振有辞地表扬道：

"老师啊，你讲得实在是好啊，实在是好，我很喜欢你和蔼的表情！"

老师一下子倒无话可说了。老师无话可说，并不表示我们电厂子弟学校的气氛民主，只表示，老师对赵挥发的表扬无可奈何。因为，赵挥发的爹是赵群，赵群是电厂的副厂长。

这样就不难理解了。老师的无可奈何不难理解，赵挥发同学的话多也不难理解。赵群副厂长就是个话多的人呢。每到傍晚的时候，电厂生活区的大喇叭便会准时播放，通常是这样开始的——一段振奋人心的进行曲后，女播音员甜美的声音宣布：

"职工同志们，下面，由赵群副厂长给大家讲话。"

然后赵群副厂长沉着的嗓音便会响起。公允地说，赵群副厂长还是很会讲话的，逻辑清晰，字正腔圆，还真的不是很令人反感。后来我看到了一部老电影，《早春二月》，陡然发现，赵群副厂长的嗓音居然和大表演艺术家孙道临先生颇为神似，都是那种"专属民国"一般的腔调。电厂有主管生产的副厂长，有主管经营的副厂长，有主管工会和妇女的副厂长，赵群副厂长，就是主管讲话的。从某种意义上说，我是在赵群副厂长的讲话声中成长起来的孩子。我的大多数晚饭，是伴着赵群副厂长的语言咀嚼下去的。

赵挥发秉承了他爹的优点，成为了一个口若悬河的人。就是他经常在我后面搞突然袭击，撞我一下，或者神奇地把我的文具盒碰翻在地，然后滔滔不绝地向我致歉。我之所以怀疑是他泄露了那篇作文的秘密，根据就在于此。我想，只有他会偷翻我的书包吧？本想搞些恶作剧，孰料，于不经意之间，骤然从我的作文本上看到了他妈妈的名字。我想，他一定是大吃一惊吧？

本来，徐未在第二天拂晓就离开了我们家，她的这一夜，或许可以成为一个秘密，她或许就会因此潜伏下来，依然住在楼上照顾赵家父子的吃喝拉撒，不会最终搞出鱼死网破的局面，干脆公然来照顾我们郭家父子的吃喝拉撒了。但是这些假设，都在赵挥发那不经意的一瞥之下烟消云散了。

支持我这个判断的还有，有那么几天，赵挥发突然也像我一样，成为了一个沉默寡言的怪异之人。他陡然停止了喧哗，还真是令大家无所适从。老师讲课讲到一半，都会狐疑地停顿住，静观他的学生赵挥发，直到确定，赵挥发同学并无发言之兴趣，才能继续把课讲下去。同学们也很压抑，交头接耳，气氛是风雨欲来的那个样子。赵挥发在这几天里，该是何等的煎熬呢？我想，只有我是能够设想的——如果有一天，我一反常态，语言突然汹涌而出，那一定就是我的痛苦时刻啊。

随后，那几个带着枪的人就闯入了我的家。

他们当然是赵群副厂长雇用来的。这显然是个下策。但赵群副厂长出此下策，显然也是不得已而为之。

数年后，我大约把这件事情搞清楚了。徐未和郭有持很早就恋爱过，而且似乎一直余情未了。郭有持跑了老婆，自然是有些沮丧的，去找旧日恋人，也是在情理之中的。在情理之中的还有，住在楼上的徐未当然会犹豫与彷徨，住在平房的郭有持当然会无理取闹，会喝酒，酒后难免软硬兼施，于是，就发生了那一夜的情形。这样我也就理解了，徐未那天夜里在菜刀前的迟疑，除了恐惧，怕是还真的掺杂着一些心驰神往吧？这真是个复杂的问题。

本来一切也许只限于那一夜的煎熬。可是我的孤独成就了那篇作文，赵挥发同学的孤独，直接让一切大白于天下了。我也理解赵挥发，他如若不孤独，何来那么强烈的诉说欲，他终究是不能够克服自己奔涌的语言的，就像我们，终究无法克服孤独。于是，在很短的时间内，我那篇作文的内容就被扩散了出去。舆论终于汹涌澎湃地淹没了赵群副厂长。

赵群副厂长也真是难，这不是一般的事，对方不是一般的人。一般的事，一般的人，赵群副厂长叫去讲一通话就能解决掉。可是显然，他跟郭有持是没法讲这个话的。我想，赵群副厂长做出决定的那一刻，一定是想通了，跟一把镰刀对话，他只能选择另一种镰刀般弯曲的语言,这样,才能有效。尽管这种语言是赵群副厂长所不善于的,弧度太大,但是他无法让自己保持沉默。他就像他的儿子一样,已经习惯了讲话和发言,你让他闭嘴,就是对他的残忍。

那段日子真是有预兆的。傍晚的时候,广播里没有了赵群副厂长讲话的声音,替代他的是相声新秀冯巩的相声。电厂生活区天空中的燕子,在冯巩的相声中焦急不安地盘旋着。终于,那天清晨天空还灰蒙蒙的时候,我家的门被人从外面一脚踢开,几个彪形大汉闪身而入。

我和郭有持从梦中惊醒,侵略者闯进了我的家。

# 四

　　若干年后，我爱上了一个叫庞安的姑娘，我见到她的第一眼，就陷入在彻底的顺从中。我想，如果那天清晨在我家的青砖小屋里，也有如庞安一样的姑娘存在，或者就会是另一个局面了：菜刀会掖回怀里，土枪会自动落地，歹徒们会长出雪白的翅膀……

　　可是，那天清晨小屋里只有我和郭有持。

　　我和郭有持，不约而同地分别在大床和小床上直起了身子，父子俩的脸，表情空前地一致。对于郭有持的长相，一般我是不愿加以描述的。我怕自己一开口，就是个不客观的态度。我并不是怕糟蹋郭有持，我是怕糟蹋我自己。因为，我们父子俩长得真的是像。郭有持的眼睛狭长，我的眼睛也狭长。郭有持的鼻子鹰钩，我的鼻子也鹰钩。甚至，郭有持皱起眉头时形成的那条深纹，在我的双眉之间也清晰可见。所以，我不愿拿郭有持的脸说事儿。何况，一个人的长相应该是无可厚非的吧，这是上帝管辖的事情，也说明不了什么。我想，那天清晨几名暴徒破门而入的一刹那，一定也是吃惊非小的。他们一定也会有瞬间地疑惑——这间屋子里，怎么居然会有两个郭有持呢？

　　这几个家伙，也的确是利欲熏心，否则他们岂敢来找郭有持的麻烦？他们进门前的思想斗争，想必是非常激烈的。所以，他们也极有可能于紧张不安之中，错误地找错对象，在清晨灰白的恍惚光线下，把一个明显小郭有持一号的人当做了目标。

果然也真的是这样。这几条大汉冲进来后，目光不由自主地居然都招呼在我身上。这也难怪。首先，我的小床距门近一些，我就难免首当其冲。其次，人在恐惧当中，也难免一厢情愿地把对手设计得渺小一些，他们不由自主就会选择一个小一号的郭有持。我明显地意识到了自己的危险。这几个家伙狂暴的杀气直逼而来，那种肆虐的恶意真的形成了一股气场，呼啦啦，令我汗毛参立。

郭有持在这个时刻跳了起来。

显然，他也充分意识到了这几个家伙的盲目性，一眼就看出，他们就要不由自主地拿我下手了，指桑骂槐、敷衍了事地搞我一下，然后就迅速撤退。于是，只穿着一条三角裤衩的郭有持，当机立断，赤条条地从他的大床上跳了起来。这是本能吗？我不知道，事后我都会下意识地回避这个问题。郭有持在那一瞬间迸发出的舐犊情深，于我而言，实在是不愿深究，也不敢深究的。郭有持像堵枪眼的黄继光，像炸碉堡的董存瑞，慷慨激昂，舍生忘死，这样的评语，我是无论如何也难以作出的。

轰的一声，一团白光，将跳起来还在半空之中运行的郭有持摞翻在地。巨大的冲击力，甚至将我都撞得人仰马翻，一头又栽回了被窝里。

这威力巨大的打击，显然非菜刀之类的冷兵器可以达到，它来自一把土枪。后来这把枪被郭有持缴获了回来，一度压在我的枕头之下，成为我梦境之中骄傲的道具。它大约是用一把古老的猎枪加工而成的，枪管被锯得很短，枪托却依然硕大，油黑乌亮，有些蛇头虎尾的样子。

郭有持被这把蛇头虎尾的土枪掀翻在地。我有瞬间的失忆，两只耳朵灌满了嗡嗡的蜂鸣声，仿佛十里店上空那些奔涌的电流全部贯穿进了我的身体。等我清醒过来，世界一片阒寂，安静得令人沉痛莫名。

门外空洞无物。暴徒们踪影皆无。只有晨曦空虚的光挂在洞开的门框内。

我恍若梦中，坐起来向地上观看。只见郭有持直挺挺地躺在那里，肚皮上宛若盛开了一朵无比妖娆的花儿。

哦，我的眼泪骤然涌出——我以为，我真的以为，他死了。他当然没有死。如果他在这一天死了，就会是一个死得其所的局面。我或者会在幻想中，把他埋葬在高岗上，把他埋葬在大路旁，将他的坟墓向着东方，将他的坟墓向着太阳。可是，他没有死。我爬过去，小心翼翼地观察。除了看到他皮开肉绽的肚子，我还看到了什么？噢，我还看到了他的阴茎。他的三角裤衩早已经宽绰变形，吊吊耷耷地形同虚设，如今他意外倒地，那裤衩更是也随之歪向一边。而且，他的阴茎居然是直挺挺的，和直挺挺的他，构成了一个笔直的直角。这也难怪，郭有持迎难而上的时刻，大约还处在晨勃的虚弱之中。

在这个匪夷所思的清晨，我的行为也跟着匪夷所思起来。郭有持鲜艳如花的肚皮不能吸引我的眼球，我的眼球，紧紧地被他勃起的阴茎抓住了。我甚至用手把他的裤衩拨开了一些，让那根阴茎更加充分地挺立在我的视觉中。我看到了他的鬈曲的阴毛，看到了他收紧的阴囊。然后，我看到，这根阴茎徐徐萎缩，一点一点地，缓慢地，坍塌下去，阴囊，也随之展开，像打在锅里的荷包蛋，贴着地面，扩张开。

恐惧大水一般地席卷而来。我感到了空前的绝望。我突然非常

蝌　蚪

害怕郭有持就此死掉，在我眼前，眼睁睁地一点一点地瘫软，一点一点地，像水一样地渗进地缝里去。

于是，后来就上演了十里店历史上令人记忆深刻的一幕。

我背着郭有持出门，他光溜溜地趴在我的背上。我才十三岁，背得吃力那是当然的。我需要不时向上耸肩，把不断往下出溜的郭有持耸回原位。这样，我身上的衣服就跟着被蹭了起来。我感到我的后背很快就被郭有持的血濡湿了。但那血却是冰凉的，冰凉之中，郭有持的阴茎却微乎其微地温热着。它贴着我的腰，阴毛擦在我的皮肤上，有一种非常慈祥的感觉。我居然就这么去想了，我想，我不能让郭有持这残存的一丝温度也化为乌有。我一边弓着腰（不如此不足以把郭有持有效地放在我背上），一边走，头都几乎要撞在地面上。我一边走，一边在心里恳求着，你不要冷啊你不要冷。这个"你"，是指郭有持的阴茎。我恳求的是郭有持的阴茎，那是他身体上唯一温热的地方，于是，就成为了我唯一的盼望。

我只有十三岁，性格内向而怯懦。我妈走了，除了郭有持，我举目无亲。无论如何，我也想不到去向其他的人求助，想到了，也不敢或者不会去向谁求助。我只有向一根葆有温度的阴茎去恳求、去呼吁，让它怜惜我，不要让我孤零零地一无所依。

事实证明我的选择是英明的。根本没有人会对我伸出援助之手。那时候，天色已经大亮，我从屋里出来时，生活区已经有人在探头探脑地张望了。他们目瞪口呆地看着我，舌头都耷拉出来，口水都滴流出来，可就是没人来帮我一把。我走到了街上，立刻引起了轰动。群众们自发地排列在街道的两边，鸦雀无声地目送着我。十里店的人，甚至在那天早晨都改掉了搬弄是非的坏毛病。他们没有交头接耳，没有窃窃私语，只是安静地看着一把小镰刀，手脚并用地，像爬行一般地，背着一把老镰刀。

人在艰难困苦中，心灵是容易被扭曲的，变得不那么客观。那天早晨，我埋着头，眼睛里看到的尽是十里店脚下的尘埃，鼻腔里嗅到的尽是清晨腥湿的雾气，心里，突然就充满了仇恨。我的仇恨是没有指向的，不针对张三，不针对李四，张三和李四，也没有义务来帮我背郭有持，郭有持阴茎的温度，与他们何干？何况，说不定郭有持还曾经用菜刀修理过他们。这是很有可能的，郭有持在十里店，基本上是天天修理人的，看哪个不顺眼，就当啷敲下刀背，修理哪个。如今，没人对他救死扶伤，也是天经地义的。这个逻辑，我是想得通的，道理，也是懂得的。可是，我就是仇恨，没有针对性地仇恨。我既懂道理，又仇恨，这两样东西就给了我力量。说老实话，我背郭有持背得并不是困难到无以复加的地步。举步维艰当然是会有的，毕竟，我才十三岁，也就一米五那么高吧。但是，我不能夸大其词，把自己形容成一个绝地挣扎的少年。郭有持精瘦精瘦的，分量不能算重，况且，我还有懂道理和盲目仇恨这两件法宝。我不能虚构我的困境。

可是，当我终于到达了电厂职工医院的大门前时，体力的确是达到了我那个年纪所能达到的极限。最后的二十米，郭有持基本上是被我拖着走了。他滑下去，让我再也弄不回背上，我只好任由他的脚像犁一样地犁在地上。而我自己，就像牛一样默默无语地拉着犁。最后十米，就有些连滚带爬了。我终于不再只向郭有持的阴茎呼吁，我突然放声大哭，向着已经近在咫尺的穿着白大褂的人们，恳切地呼救：

"来帮帮我呀，来帮帮我！"

# 五

　　郭有持没有死。数不胜数的钢砂、铁钉，打在他肚子里，他都没有死。非但没有死，而且很快就活过来。我去看他，他躺在病床上，居然冲我做了个鬼脸。这真是非同小可。郭有持一般是不对我做什么鬼脸的，他目标明确地冲着我做鬼脸，就有种我难以适应的亲昵和慈爱。

　　我在第二天去医院探望郭有持。进到电厂职工医院的大门，我就感觉到了气氛的异样。花坛前，楼道里，到处都是些面目可憎的人。这些人是很容易和患者以及患者家属们区别开的。他们要么脑袋锃亮，要么乱发蓬生，即使身边有椅子，有水泥凳，他们也拒绝坐上去，而是膝盖分得宽宽地，蹲上去。十里店范围内所有的歹徒，仿佛听到了集结号，一夜之间都集合在电厂职工医院了。他们占领了电厂职工医院，让求诊者望而却步。

　　郭有持在十里店翻云覆雨，最初是单枪匹马，所以才经常会被搞得血糊糊，只有通过将尚在襁褓之中的我搂抱一番，来安慰自己一颗凄凉的心。随着坚持不懈地苦斗，他终于在十里店树立起了权威，手下追随者云集，大有一呼百应的派头。如今，郭镰刀遭到重创，他们就蜂拥而至。

乌云从电厂职工医院的上空弥漫开，很快就笼罩了整个十里店，连安分守己者，也感到了气氛的严峻。十里店街头，突然人烟稀少起来。总在街头厮混的那部分人，如今都麇集在了电厂职工医院；安居乐业的那部分人，预感到暴风雨将至，也尽量避免将自己暴露在危机四伏的街头。

　　大家都在等待，猜测被打爆了肚皮的郭有持将如何反攻倒算。

　　郭有持很有耐心。他躺在医院的病床上，吃着香蕉（大夫只允许他吃这一样水果），打着点滴，指挥若定。他的几个心腹缜密地分析着事情的前因后果。于是，我的那篇作文成为了众矢之的。它就是一根导火线呀，是它，泄露了黑夜的秘密，激怒了赵群副厂长。我的作文本被郭有持索去，他们传阅着我的作文本，看得眉飞色舞，看得笑逐颜开。郭有持并不迁怒于我，我去看他，他除了冲我做鬼脸，还和颜悦色地剥香蕉给我吃。这有些出乎我的预料。我甚至以为，郭有持会让这件事情烟消云散呢——阴茎软了，还会再勃起，肚皮破了，缝起来就好。

　　当然，这显然是荒谬。第一个为郭有持肚皮付出代价的，是我们的语文老师唐宋。年轻的唐宋突然有一天就不来给我们上课了，再来的时候，胳膊就吊在了绷带里。

　　唐宋一如既往地站在讲台上，清清嗓子，开始给我们讲课。他甚至都没有额外地多看我一眼。我却如坐针毡。唐宋老师越平静，我越难受。我多想被他叫起来，罚站，面壁，甚至拉到无人之处痛下杀手，咔嚓一声，也搞断我的一条胳膊！但是，没有，什么惩罚都没有。唐宋的目光从我们每个人的头上扫视过去，同样也经过我的头顶，却没有任何意味深长地停顿。我却哭了。我觉得，这是个多好的人啊，是个多好的老师，他不但能告诉我们，"注意力不集中，是一个学生的大忌"，"作业，就是你们回家后的工作"，还能够在蒙受了不白之冤后安之若素，不以物喜，不以己悲，顶多留下个见到陌生人闪出便龊龉不已的疑难杂症。这和郭有持的境界，简直不可同日而语。我认为，这就是知识的力量，是教养的力量，知识和教养，也能够让一个人显得庄严，即使他在肉体上，可以随随便便就被人打断一条胳膊。

我觉得，唐宋老师在我心目中一下子高大了起来。

唐宋老师替人受过，我的同学赵挥发突然也不来上学了。看到他的座位空在那里，我的心就揪紧。我并不喜欢这个废话连篇的家伙。但是，我也绝对不希望他遭到不幸。我的同学们对我默默地谴责着。他们的老师断了条胳膊，他们的一个伙伴如今也令人堪忧，这一切的原因，他们是明白的。他们都是电厂的子弟，郭有持的爱恨情仇，就是他们童年最熟悉的传奇故事。他们都过早地成熟了。生活在十里店，生活在郭有持的传说中，他们过早地告别了灰姑娘和白雪公主的童话，一个个向着锐利的方向成长着，为日后埋下无尽的病根。这样的后果是：整个十里店，在其后的若干年，只有我一个人考上了大学。我也过早地成熟了。我妈对我说了：

"你得学习学习再学习，那样，你才能跑出去，离开十里店。"

我的同学们颠顶懵懂、马马虎虎地读书生活，我却在角落里奋发图强，这就是一个阴险的样子。我觉得我和大家的距离越来越远，我也越来越孤独。我感到屈辱，感到自己有些为人类所不齿。

我决定不再去医院看望郭有持。最后一次去医院，我得知郭有持基本上已经没有什么危险了。那时电厂职工医院的病床突然紧张起来，几个伤势严重的病人被送了进来。他们有断了胳膊腿的，有脑袋开花、白生生裸露出脑壳的。他们被刻意安排在郭有持病房的旁边。我偷窥了一下，一眼就认出了他们。他们就是那天清晨闯入我家小屋的那几个侵略者，如今，被郭有持的手下一网打尽，送进来和郭有持做伴儿了。他们也真是尽到了做伴儿的义务，在复原期间，扎着绷带，吊着液体，将郭有持团团围定，陪他打扑克。

那把造成郭有持皮开肉绽的土枪也被缴获了。我去看郭有持，他从枕头下摸出了这把枪。郭有持用枪虚拟地瞄准我，脸上又是一个古怪相。我怀疑，那打在郭有持肚皮上的一枪，是不是辗转着打坏了他面部的某根神经呢？要不，他怎么会突然这么乐于对我做鬼脸？他一做鬼脸，就显得慈祥，可是把慈祥和郭有持挂起钩，除了神经被打坏，我是没法相信的。郭有持让我将这把枪带回去。我就接在手里，塞进我的书包，再一次肩膀塌陷，身板歪斜。

我背着这把枪深一脚浅一脚地往回走，不免又浮想联翩了。我幻想，现在被我肩负着的，就是暴力与血腥，难怪我负重如斯，这把沉甸甸的枪被我背走了，暴力和血腥也就被我背走了，暴力和血腥被我背离了郭有持，他就会脱下狼皮，变成一只温顺的小羊。

当然，这同样是荒谬。

一天傍晚，我在家煮了碗面条，刚准备吃下去，就被郭有持的一个手下叫走了。

"走走走，吃好的去，面条有啥吃头！"这个手下兴致勃勃地说。

我被他稀里糊涂地带领着，上了生活区的一栋楼。

我说过，电厂生活区是由一排排青砖砌成的平房构成的，散布的那几栋楼房，住的是电厂的领导们。所以，在上那栋楼的时候，我就预感到了什么。果不其然，当我们进入到五层的一家时，我第一眼便看到了我的同学赵挥发。我是被带到赵挥发家来吃好吃的了。看到赵挥发安然无恙，既不缺胳膊，也不少腿，我的心里感到很安慰，有种如释重负之感。然后，我看到的是郭有持。他躺在一副担架上，身上庄严地覆盖着一条医院的被子，被子上面那枚发黑的红

十字，就像是他肚皮上针脚彪悍的缝合疤痕。担架放在地上，郭有
持的一个手下蹲在一旁，手里高高在上地举着个液体瓶，一根管子
把液体输送进郭有持的手背里。

# 六

从小我的性格就有些木讷。发生在我眼前的那些事情，万花筒一般地别开生面，令我目不暇接。久而久之，我习惯了用一双木讷的眼睛去旁观它们。没有什么是不可能的，我已经习惯出人意料的局面。我的生活虽然忧伤孤独，却绝不枯燥乏味。我怎么会枯燥乏味呢？我的身边就是十里店的传奇人物郭有持，他无时无刻不在制造着咄咄怪事，比今天那些蹩脚的三流电视剧富有创意得多。所以，当我搞清楚，躺在担架里的郭有持，是要在赵群副厂长的家里扎下根来时，我也没有过多的震惊。当然，要说震惊，也轮不到我来震惊，最有资格感到震惊的，应该是赵群副厂长。

赵群副厂长面如死灰，善于讲话的他，面对躺在担架上、好像奄奄一息的郭有持，却哑口无言。赵群副厂长并不是个缺少办法的人。我曾经见到过，有一次，他对着家属区里几个正在施工的工人挥了挥手，那几个工人，就立刻收拾了家伙走人。尽管我不知道那几个工人是什么来头，也搞不清他们施的是什么工，但是，赵群副厂长挥手的姿势，却令我佩服有加。我觉得这个人真的很神气，一挥手，几个膀大腰圆的汉子便会闻风而动，乖乖按照他的手势行事。他甚至都不需要使用他的语言，他只是不带走一片云彩地挥一挥手，就能够把自己的意图落在实处。那时候我就想，这个人不简单，办法一定很多。

但是，面对挂着吊瓶的郭有持，赵群副厂长却束手无策了。他大约设计过无数种可能，并且也准备了应对之策，但令他失算的是，郭有持并没有夹枪弄棍地杀将而来，而是被人抬到了他的家，并且担架、吊瓶，一个都不能少。

郭有持实在是个很有表演天赋的人。他虚弱地半张着嘴，眼睛向上迷茫地翻着，艰难地说：

"水水，给口水喝。"

没有人响应他，大家都有些呆若木鸡。替他举着吊瓶的那个手下不干了，吼：

"水！听不见啊？渴死人算你们家的！"

这家伙声若洪钟，可见是专门挑出来的。

断喝之下，我的同学赵挥发受了惊，他倒退了半步。本来，从我进门那刻起，赵挥发就一直看着我。我看到他的嘴角不由自主地翘了起来。我知道赵挥发是想对我笑。因为，我也想对他笑。我们都有些情不自禁，有些窃喜，心情和整个房间凝重的局面不太相称。我们都忍着自己的笑意，彼此之间有种甜蜜的热乎劲儿。这种不合时宜的情绪，被吼声惊破，可怜的赵挥发被现实一棒打醒，脸色大变。他的妈妈徐未，东张西望的，终于还是勉为其难地倒了杯水，放在了郭有持的旁边。我看到了，当徐未弯腰放下水杯的瞬间，她和郭有持的眼神有一个含意万千的交流。徐未的眼神有一些甜蜜的哀怨，像戏剧中的古代女子。我想，如果徐未此时可以开口，那么肯定会是一句韵味无穷的：冤——家——

这母子俩不约而同表现出的那种古怪的甜蜜之感，真的是很不恰当。赵群副厂长的面部扭曲起来，无可抑制，都有些狰狞了。

他呢喃一句："郭有持……"

郭有持回一句："郭有持个屁！"

赵群副厂长就只有打电话了。手一摸到电话，他似乎就平静了些。那个时候，家里有电话可是非同小可的事。楼上楼下，电灯电话，就能给人以力量。因此，赵群副厂长一摸上电话，就镇定了。他是在给电厂公安处打电话。

十里店是个特殊的地方，一般电厂内部的事情都由电厂自己解决，只要没弄出惊天血案，当地派出所是不会插手的，都交给电厂公安处来解决。所以，赵群副厂长才会有恃无恐，敢于唆使暴徒，用枪去打爆郭有持的肚皮。

公安处的人很快就到了，一个电话，招之即来。

这让赵群副厂长感到了欣慰。当楼下传来刺耳的警笛之声，赵群副厂长都有些眉开眼笑了。他点了支烟，还清了清嗓子，让我以为，他又要像在大喇叭里讲话那样地开口了。赵群副厂长有理由认为，电厂的公安处还是服从命令听指挥的，是一支拉得出、打得赢的队伍。所以，当黑脸的公安处处长王飞出现在面前时，赵群副厂长又不带走一片云彩地挥了挥手。他的手是由下往上挥的，一挥之间，便把躺在地上的郭有持捎带了进去，仿佛驱赶一只苍蝇，只需要挥这么一下，就能把郭有持扫地出门。同时，这一挥也是对王处长的一个指示，意思是，把他给我弄走！

但是，赵群副厂长又失算了。

黑脸的王飞一露脸，我就知道赵群副厂长难得逞了。王飞是谁？他不但是电厂公安处的处长，还是郭有持的酒友、牌友兼战友。据说有一次，这两个人结伴去兰城赌博，在牌桌上与人发生了冲突，结果他们并肩作战，共同杀出一条血路，从此便一黑一白，结成了攻守同盟。在十里店，王飞与郭有持之间的关系可谓妇孺皆知。我

很奇怪，赵群副厂长居然会对此毫不知晓。看来这还是个语言问题。赵群副厂长精通的是大喇叭里的语言，对于十里店暗流涌动的地下黑话，他是一窍不通啊。

所以，黑脸的王飞就没有领会赵群副厂长挥手之间的精神。王飞有些结巴，他低头瞅着郭有持，让人费劲地说道：

“咦，咦，咦，咦，咦？老郭你你不在医院待着，咋咋咋跑赵副厂长家来了？”

郭有持无精打采地说：“王处，这你得问赵副厂长。”

王飞就去问赵群副厂长：

“咦，咦，咦，咦，咦？赵——副厂长，老郭咋就跑跑跑你家来了？”

赵群副厂长一怔，手又挥起来，说：

“我怎么知道？你把他给我弄出去！”

这话不打紧，一说出来，就惹怒了郭有持。他腾的一下坐起来，一把掀了身上的被子，然后又嗷的一声仰天倒下。郭有持肚皮上的伤还没好，根本就坐不成，一坐，伤口必然撕裂。果然，他缠着纱布的肚皮就渗出血来。被子下的郭有持是光溜溜着的，要不他也露不出缠着纱布的肚子。他就是要把这肚子露出来，否则，不足以说明问题。郭有持手指颤抖着指住赵群副厂长，控诉道：

“把我弄出去？你试试看！老子今天就在这儿扎根了，死也死你屋里！”

说着，他一把揪了手背上的输液管，然后动手扯肚皮上的纱布。

他的手下当然不让他得逞，手忙脚乱地去摁他，声音洪亮地吼：

“郭哥，你有个三长两短，我今天也不活了，我放火烧了这家！”

王飞也不让他得逞，也凑上去摁，一边摁，一边仰脸问赵群副厂长：

"咦，咦，咦，咦，咦？这到底咋咋咋回事呢？有啥事不可以通过组织来来来解决啊？"

赵群副厂长既惊且怒，一屁股坐进沙发里，拼命地抽烟，就是一句话也说不出。他也感到不可思议，什么是组织呢？把你王处长叫来，不就是组织行为吗？赵群副厂长一定觉得有什么地方被拧住了，卡壳了，他想不通自己怎么就陷进了这个泥潭里。

王飞从赵群副厂长那里得不到答案，就去批评郭有持：

"咦，咦，咦，咦，咦？老郭，你咋不不不上别人家，非得上上上赵——副厂长家闹事？你这是干扰厂领导的正常生生生活和休息！"

郭有持像一条鱼似的在地上扑腾：

"啥！我咋不跑到别人家？我差点丢了命，我儿子咋办？我家卡子几天吃不上饭了，我不来找领导我找谁？"

这就说到我了。我不由吞了口唾沫，身子也挺了挺。我说过，我是耽于幻想的孩子。郭有持声情并茂的表演，让我身不由己地进入了角色。我把自己幻想成了放牛郎，幻想成了讨饭仔，总之是个苦大仇深的可怜人儿。

王飞说："有困难当当当，当然可以找领导，但是有啥啥要求你好好说，这样搞多多多不好！"

郭有持说："好好说？人家用枪跟我说，我说得过？我又不是铁皮做的，我又没穿防弹背心！"

王飞说："谁？谁谁谁用枪跟你说了？这事你得跟我说，我们公安处才才才管这事！"

郭有持声嘶力竭地叫起来："你问赵群！你问赵群！"

王飞和郭有持说相声一样地说着，终于说出了高潮。郭有持对赵群副厂长直呼其名，使得气氛骤然被拔高，令在场的每个人都心

惊胆战。

　　赵群副厂长崩溃了。真是有苦说不出啊！他那么爱讲话，那么爱发言，有情绪，有意见，向来是畅所欲言的，如今怎么就被人扼住了喉咙？是谁在堵他的嘴？扫视一圈，他就找到了答案。赵群副厂长扑过去，揪起一个人的领子，左右开弓，就是一通耳光。打完一个回合，他自己都是有些不敢相信，甩着打疼了的巴掌，错愕地环视着诸人。

　　被赵群副厂长打耳光的，是徐未。徐未的头被打得东摇西晃，停止下来，就是个女鬼的样子。她的头发全部甩在了前面，瀑布一样地遮挡住了她备受凌辱的容颜。

# 七

　　徐未被打成一个女鬼的造型，我的心就感到了痛苦。我突然就萌生出了负罪感。毫无理由，我就对整个世界充满了歉意。

　　我悄悄溜了出去，我不想看下去了，谁知道这些男人女人还会干出什么令人发指的事情。我从赵挥发家出来，看到楼梯两侧挤满了人。一侧是身着警服的保卫干部们，一侧是奇装异服的流氓无赖们。这情形，猛一看会让人误解，以为他们是在对峙，是剑拔弩张，是针锋相对。其实不然，他们志同道合，都是来配合王处长和郭镰刀的群众演员。对此，我心明眼亮。我才十三岁，就觉得我把这个世界都看透了。

　　我从他们中间走过去，像一个被夹道欢迎着的大人物。而一旦被这样夹着走，我就仿佛感觉到了苍老，仿佛感觉到了厌倦。这么说夸张吗？谁知道呢。总之，当我从楼洞里走出来时，仿佛的苍老和厌倦，令我感到了无端的恐惧。

　　令我恐惧的，不应该是徐未那女鬼般的造型。徐未受到凌辱的样子，只是让我感到痛心与不适；当然，更不应该是黑夜。我说过，我常常会在夜晚的十里店街头徘徊，伸手不见五指，我都从未有过畏惧，何况，电厂生活区还有着光芒四射的路灯。我走在路灯下，走在光明里，却突然紧张不安起来，这真是令人费解。并没有什么威胁到我，我却被自己的"费解"吓住了。我的影子在地上时长时短，我知道它是我的影子，却因此而感到惊讶——它怎么就能够是我的影子呢？这么一想，我突然便魂飞魄散了。因为，我分明感觉有另一条影子，挟着冷风，从身后向我袭击而来！

我的确是遭到了袭击，这次不是幻想。

那一下还真是狠毒，事后我弄清楚了，它来自一根胳膊粗细的大棒子。我的同学赵挥发，从身后一棒子抡到了我的后脑勺上。我的脑袋嗡的一下，身体所有的血液都冲上去，让我几乎是空翻了半周，一头栽倒在地，与自己的影子合而为一。赵挥发一直尾随着我，并且有备而来，随身携带了这么一根胳膊粗细的大棒子。

这样说来，我的恐惧就不是没道理的了，我的苍老与厌倦，也不是仿佛的了。身后跟着一个提着大棒子的人，你会不感到恐惧吗？而恐惧的滋味，有时候就是苍老和厌倦的。

感到恐惧的不单单是我。我大约是昏过去了，昏的时间大约还不算短。当我苏醒过来时，行凶的赵挥发依然站在我身边。那根大棒子的阴影，依然笼罩着我的脸。赵挥发偷袭得手后并没有迅速逃窜，是因为他意志坚强吗？当然不是，否则他也不会颤抖不已。那根作为凶器的大棒子，提在赵挥发的手里，就像是他延伸出的胳膊，就像是风中摇摆的柳条，在我面前晃来荡去。赵挥发是吓坏了，一击而中，后果却令他魂不守舍。赵挥发总是这么盲目和草率。但是这一次，他对我的憎恨却是有道理的。我的爹正在和他的爹较量，两把镰刀铿锵交错，滋啦啦迸着火花，我家的镰刀占据了上风，那么，他就有理由从我这儿找回来。父债子还，这还有什么可商量的。至于什么后果，那是我这种沉默寡言的孩子考虑的事情，口若悬河的赵挥发，自然是不会去琢磨的。

也许我有点疼，但并不像赵挥发以为的那么疼。赵挥发一定是以为我快被他打死了，所以，他也在一瞬间迅速地苍老与厌倦了。

我当然没有死。要打死一个人并不那么容易。从郭有持那里，我得到了这样一个启示：即使你浑身冰凉，即使你肚皮开花，只要你的阴茎还热乎着，那你就离死还有一段距离。

我的阴茎凉了吗？我想应该没有。我只是感到很沉重，感到自己的脑袋正在变成一疙瘩木头。我依稀听到赵挥发在叫我：

"郭卡？郭卡？郭卡郭卡？郭卡郭卡郭卡？"

他叫得越来越让人心酸，语气是试探性的，带着忐忑的疑问，带着由衷的祈盼，越来越迫切，像一个亲人的呼唤。从此，我的同学赵挥发也留下了后遗症，一开口就是这么个腔调，可怜兮兮的，像是时刻被人奴役着似的。当时，我觉得无论如何，也要回答他一声，我不能让他这样贱兮兮地一直喊下去。不久之前，我们还有着一股子忍俊不禁的热乎劲儿呢。

我调动起自己所有的积极性，再用自己所有的积极性去调动力气，终于发出了我的回应。我"唉"了一声，努力显得正常，努力显得婉转。大约是太努力了，这微弱的一声发出后，我便立刻感到天旋地转，再一次昏了过去。

再次苏醒过来，我觉得自己好多了。赵挥发已经没了踪影，他得到了我的那声回应，想必应该暂时踏实了吧？能够让赵挥发踏实，我认为自己昏得其所。我用手去摸自己的后脑勺。出乎意料，我没摸到血。我只是摸到了一块隆起的大疙瘩。摸到这块疙瘩，我就摸到了疼。我在地上仰卧了许久，困惑地看着靛蓝色夜空中的繁星。随后，我慢慢地爬起来。我觉得自己挺坚强的。我又开始幻想了。脑袋我不去摸它，它就不会疼，所以，也妨碍不了我幻想。我惬惬地想，我是一场战斗后死里逃生的士兵，我从死人堆里爬出来，回

眸一望，残阳如血，遍地荒凉……

我东摇西歪地回到了自家的小屋，进门后就扑倒在床上。

这会儿，我哭了。

我有点伤心，也有点神往。

我趴在我的小床上，一边默默地哭，一边伸手去摸那把枪。它压在我的枕头下面，我摸到它了，觉得它蛇头虎尾的样子很可爱，也很可怜。它在我手里，既是一把枪，又不是一把枪了。它成为一个安慰我的道具。我不幻想用它去向着世界开火。我幻想它，被我高高举起，然后，举着枪的我，对着世界傲慢地宣布：为了胜利，向我开炮！这样，我的姿态才是高贵的——不是吗？我有枪，可是我举起我的枪管，骄傲地向你们敞开胸怀。

朦胧之中，我觉得有人在温柔地下我的枪。我一下子就醒了。张开眼睛，我居然看到了徐末。起初我以为是我妈回来了，毕竟她们都是女人，都是孩子的妈。我的眼泪夺眶而出，我几乎就要叫一声"妈"了。可是，这个念头刚一产生，我就感到头晕眼花。也是奇怪，我一头晕眼花，就认出了站在我床前的，是徐末。

徐末的头发已经梳到后面去了，不然我也认不出她。她蹲在我的床前，正试图把我手里的枪拿走。我很困，整个人都有变成木头的趋势，那种迟钝、滞重之感，已经不仅仅局限在脑袋上了。徐末怎么又跑我们家来了？她的脸上布满了青紫不一的肿块，怎么还会像个妈妈一样地蹲在我的床前呢？这些，我都不去想它了。我软软地张开握枪的手，任由徐末把它抽走。然后，我就不省人事了。可是，我的眼泪却一直在流。

# 八

赵挥发的那一棒子把我送进了医院里。我苏醒过来，已经是七天后了。我的症状非常奇怪，除了持续的高烧，其他生命特征并无大碍。我可以进食，大小便也通畅。我只是不省人事。大夫们用尽了手段，也无法将我唤醒。还有，就是我一直在流泪。那大约不能算是哭，因为泪水不是经由我的意识制造出来的，它不由我控制，我毫无知觉。

只有眼泪汩汩流淌。

所以，在七天后苏醒过来时，我的眼睛却张不开了。我的眼皮被泪水泡肿了，软塌塌，沉甸甸，像是被糨糊黏住了一样。我闻到了郭有持的气味，那股凛冽的硫酸味，即使医院的消毒水都掩盖不住。我想我是和郭有持睡在一个病房里。果不其然，我听到郭了有持的声音。他似乎就趴在我床头，迫在眉睫，一开口，首先是一股热烘烘的气流扑上我的脸：

"醒了醒了！我看见他眼皮子在跳呢！"

我被那股凛冽的气流呛得咳嗽起来。然后，我听到了徐未的声音，她在叫，在喜悦地叫：

"大夫，大夫！"

声音里竟然夹着哧哧的笑。

我的意识恢复得相当猛烈，从昏迷到清醒，之间根本没有过渡。所以，纷至沓来的意识让我头痛欲裂。徐未的喜悦和徐未哧哧的笑，这种妩媚的声音令我吃惊。我疼痛地想，她怎么还能发出这种妩媚的声音呢？在我的意识里，她依然正遭到残酷的殴打，那么她怎么还能笑得出来？现实与记忆之间巨大的落差，让我的思维跌跌撞撞，几乎又要昏死过去。

事后我了解到，那天夜里当我离开后，赵群副厂长就越发丧失了理智。他对徐未的身体充满了仇恨，他不是用巴掌，而是用拳头去痛击徐未的脸。与此同时，他的儿子赵挥发也从背后向我挥舞起了仇恨的大棒子。这对父子，在那天夜里都把愤怒投向了无辜者。罪魁祸首郭有持，反而安然无恙。他躺在担架里，隔岸观火。直到徐未彻底被打蒙了，像一口沙袋般地东摇西摆，郭有持才不失时机地煽风点火：

"徐未啊，你还不跑吗，要被打死你才甘心吗？"

一语惊醒梦中人，徐未立刻觉醒了，她拔腿就跑。赵群副厂长企图去拽徐未，却被黑脸王飞阻截了。王飞抱住他说：

"哎呀呀呀赵——副厂长，你这是要闹闹闹出人命啊！"

在王飞的掩护下，徐未顺利地逃出了虎口。这一回，当真是马铃儿响来玉鸟儿唱了。她义无反顾地奔向我们家，一边跑，一边还整理着自己的容颜，把头发向后拢起，把脸上的血污擦干，就像当年那些投奔解放区的有志青年，一路上也是梳妆打扮着的。这当然是我的猜测，但大约和事实也相差不远。所以，我在丧失意识的最后一刻，看到的徐未，基本上还是像个妈妈一样的。但我无法对她表达我的好感了，赵挥发那一棒子终于让我不省人事。我被徐未送到了医院，她也是背着我去的，和那天我背着郭有持如出一辙。

那时，郭有持刚从赵群副厂长家里凯旋。徐未夺路而逃，他当然就没有必要在赵群副厂长家扎根了。

郭有持正躺在病房中沾沾自喜，突然看到自己的儿子也被送了进来，当然会大吃一惊。我的伤势非常隐蔽，猛一看，实在让人找不出哪里有了毛病。这就更令郭有持费解。他用手揪我耳朵，拧我鼻子，实在弄不醒我，不免也紧张起来，而他表达紧张的方式，就是发起火来，暴跳如雷地恫吓大夫。后来大夫们终于搞清楚，原来是我的后脑勺遭到了重击，所以才导致昏迷不醒。但是，是什么导致了我泪流不止，大夫们却百思不得其解。我的眼泪如此丰沛，在郭有持的谩骂中，大夫们试图用棉球塞住我的眼角。但那无疑是螳臂挡车。我的眼泪如决堤的洪水，小小一块棉球岂能阻拦？无奈之下，他们只有给我的眼睛两侧垫上厚厚的纱布，并且不断地更换。

电厂职工医院的大夫们，一定对我们父子俩深恶痛绝。郭有持就不必说了，我倒好，一住进来就是个疑难杂症。我们同样地恶劣，同样地不可理喻。

对于大夫们的愤懑，我是不难想象的，而且，我也深表理解。所以当我苏醒后，尽管张不开双眼，我也没有麻烦大夫们帮忙。他们被徐未妩媚的声音召唤而来，站在我的床前，用手掰我的眼皮，用电筒照射我的眼珠。我尽量配合着，努力转动了一下眼珠，表示我真的是醒了。但是，我立刻被一道红光刺痛了。我的眼珠像被蜜蜂狠狠地蜇了一下，令我不禁嗷地怪叫一声。大夫们吓坏了，咣的一下关闭了我打开的眼皮。郭有持气急败坏地吼起来：

"咋回事咋回事？"

大夫的声音很委屈，像个狡辩的孩子：

"没什么没什么，他还不太适应光，会好的，过些日子就好了，从不好到好，有一个循序渐进的过程……"

　　我觉得大夫说得在理。我自己克服着困难，一点点练习着，让自己的眼睛尽快恢复。那果然是一个从不好到好的过程，也是一个温习光明的过程。当光明一点一点被自己找回来，那滋味，既不陌生，又恍若隔世。

　　可是，郭有持不允许我从好走向更好，他要把我揪回到一无是处的现实当中。我醒过来了，郭有持要做的第一件事情，就是追查我受伤的原因。郭有持趴在我耳朵边，用心险恶地问：

　　"卡子，谁把你搞成这样的，是谁？是哪个狗日的？"

　　我立刻感到了事态的严峻。我不能想象，一旦废话连篇的赵挥发进入到郭有持的视线里，会是一种怎样的局面。我的幻想癖，这次帮上了我的忙。我的腋下夹着冰袋，手背上输着液体，这些都是难能可贵的道具啊，我不趁此机会去充分地幻想，更待何时？于是，饶有兴致地，我将自己幻想成了垂危的战士，弥留的英勇，面对辣椒水、老虎凳，大义凛然，严守组织的秘密，绝不供出战友的消息。

　　郭有持又开始揪我耳朵，拧我鼻子。我的幻想绚丽多彩，我的现实却苍白无力。我只有让自己再昏过去。昏过去才是我与郭有持周旋的有效手段。而昏过去的最大症状，就是我的眼泪，又一次滚滚而下。我的疑难杂症大约就是这样被巩固下来了。我让自己再一次泪如雨下。绚丽的幻想犹如绚丽的事业一样，鼓舞着我，鞭策着我，让我的泪，像雨水一样淅淅沥沥下个不停。

　　我的眼球感觉到了疼痛，眼角被浸泡得开始溃烂。我刚刚找回的那些光明，又被自己眼睁睁地一点一点送走。我自发地从好走向不好。

　　世界在我眼前渐渐黑暗。即使在白天，在我清醒的时刻，透过眼皮，我看到的也只是一片暗红。

　　没有人知道我的良苦用心。徐未像逃出地主热布巴拉家的阿诗玛，这一逃，是决计不会再回头了。她已经来到了解放区，所以，她哧哧地笑，发出妩媚的声音。我觉得这没什么不好，比起郭有持不绝于耳的聒噪，徐未妩媚的声音很动人，只不过略显凄婉，犹如鬼魂的吟哦。我不惜送走光明，迎来黑暗，悲壮地保护着赵挥发，这种品质，徐未无从知晓。她知道吗？我是在保护着她的儿子啊，是在保护着她如解放区的天一样明亮着的心情。这样一想，我又多出了一份凄凉。尤其在徐未照顾我的时候，这份凄凉更是让我不能自抑。

徐未天天来医院给我和郭有持送饭。她一勺一勺把粥喂在我的嘴里，还用热毛巾敷在我的眼睛上，每当此时，我就禁不住微微颤抖。

郭有持不是善罢甘休的人，他总是伺机审问我。我想我的眼泪大约是快流干了。我每天输进去那么多液体，居然连一泡尿都没有。我没有尿啦，它们，都从我的眼睛里流淌了出来。即便如此，我身体里的水分也渐渐供不应求了。我只有让自己醒过来，当郭有持刨根问底的时候，才间歇着使用我的眼泪。渐渐地，郭有持也掌握了这个规律：只要他开始聒噪，我就会泪水涟涟。大夫们对此都束手无策，只有把这定义为疑难杂症之一种。

郭有持只好放弃了。他意味深长地向我舒口气，说：

"好啦！老子不问了不行吗？"

我终于赢得了胜利。当我奋力张开自己尘封已久的双眼时，光明来临得令人猝不及防。它们太蛮横、太霸道，那种作风，简直就是镰刀式的。我惊叫了一声，眼花缭乱，突然就呕吐不止。

# 九

　　和我一样，郭有持也留下了疑难杂症。他热衷于冲着我做鬼脸。除此以外，他的体形也发生了变化。那一枪的力量，不但打爆了他的肚皮，同时还打弯了他的脊椎。郭有持的肚子陷进去，脊背弓向后面。他在四十多岁的时候，被那一枪打成了一个佝偻着的人。这不但让他一下子苍老了十岁，而且，让他的形状也完全符合了一把镰刀的标准。郭有持削瘦单薄，如今又弓了起来，怎么看，怎么就如同一把真正的镰刀了。

　　这似乎有股宿命的味道。喏，他以镰刀自居，于是，终究要名副其实。

　　不知道郭有持使了什么手段，电厂的一个什么领导带了水果罐头和奶粉来慰问我们，临走，一再嘱咐道：

　　"老郭，治疗的费用厂里给你负责了，还是息事宁人吧！"

　　让郭有持息事宁人，显然不是那么容易。我们这对患者基本上已经痊愈了，我只是暂时地厌恶光明，泪流不息，这也不能算是凶疾。但郭有持以此为理由，依然赖在医院里不走。为此，我很内疚。我隐约觉得，自己又成为了郭有持的帮凶和筹码。

　　我想恢复得快些，非常配合治疗，甚至要求大夫加大我的药量，把每天三瓶的液体，增加到四瓶，或者六瓶。听到我这个要求的，是一位年轻的护士。当时她正在给我艰苦地扎针。我的手背上一片青紫，这位护士专心致志地用针头对付我的血管时，陡然听到我的这个请求，顿时剑走偏锋，一针戳进我的肌肉里。我反应够灵敏的，立刻忍住了剧痛，没有失声尖叫出来。

我越是迫切，恢复得似乎就越慢。光明对于我，真的就成为了折磨。看到光，我便万分恶心，如果强迫自己去面对，就会翻江倒海地呕吐不止，简直是吃多少吐多少，把徐未精心准备的饭菜浪费殆尽。

我虽然住在医院里，但已经知道徐未是住在我家了。我眯着眼睛看出来，徐未每天拎着的那个铝饭盒，是我家的。而且有一天，徐未穿了件粉色的衬衫，她闪身进来，像一个魂魄一般的飘忽，我不用看，就知道她穿了我妈的衣服。因为，那上面有我妈的气味。徐未拎我家的饭盒，穿我妈的衣服，对此，我毫不奇怪，也毫无恶感。我紧闭双眼，有时候，不由自主就会这么去想：如果那天夜里，徐未没有及时来到我的床前，我是否便会就此长眠，再不会醒来？如果徐未在背我去医院的过程中，也感觉到了我阴茎的温度，她是否也会在心里呼吁和恳求，让我的阴茎不要丧失那微弱的温度？

有一天夜里，我梦到徐未了。梦境很含糊，我伏在徐未背上，只有阴茎那里是热乎的，恍惚中我突然尿意汹涌。奇怪的是，我被这尿憋得似乎要浮上半空了，却怎么也无力让自己醒来，把它排泄掉。于是，我就只有把它尿在床上了。我很惊讶，自己怎么会这么懒，明明被尿憋着了，却不愿爬起来？我昏昏沉沉地想，这大约是和我的身体有关吧，我是个病号呢，虚弱得很。一这么想，我的胸口就好像拉风箱一样地起伏，让我喘不上气来。然后，我睡着了。即使睡着了，我都感觉自己的身体被气流所激荡。那真是奇异的一次睡眠，我睡得半梦半醒，却又无比深沉。

这就是我第一次梦遗的情景。我的这第一次，完成在电厂职工医院的病床上了。

徐未在第二天的早晨准时到来了。她在走廊里和护士打招呼。一听到她的声音，我的脸就陡然滚烫。我有些无端的羞涩，有些无端的甜蜜。徐未在这天早晨，不但拎了我家的铝饭盒，而且还带来了一副石头眼镜。眼镜是郭有持的，镜片是很大的两块茶色石头，圆坨坨的形状，沉甸甸的分量，据说价值不菲，只是戴在脸上，俨然一个瞎子。

徐未把这副眼镜戴在了我的脸上。这真是个好主意，我的眼睛终于可以张开了。我小心翼翼地掀起自己的眼皮，看到的首先是徐未近在咫尺的脸。她是茶色的，是凉爽的。我躲在镜片后面，就有了庇护，让我可以放心大胆地凝视这个女人。之前，对于徐未的容貌，我是没有十分注意过的。当我自觉地去观察她时，我认为，徐未很漂亮，起码年轻时肯定漂亮过。她有些胖，脸盘挺大，并且，上面依然残留着被赵群副厂长殴打后的痕迹。但是这些在我眼里，都挺美的。

镜片那面的徐未也在端详我。她鼓励我道：

"卡子，试一试，你试一试，把眼睛睁开。"

我的嘴角不禁咧出笑来。这时，郭有持的脸也凑进了我的视野。他的眉毛向两侧掉下去，鼻子向左，嘴唇向右，分明就是一个难度极高的鬼脸。我的心情立刻被破坏了。同时，我的腹腔发出一声强烈的轰鸣，正式宣布我已经克服了对于光明的厌恶——我饿了。

我被放在轮椅里推出了病房。徐未推着我，这正合我意。郭有持也不甘寂寞，也装模作样地坐在轮椅里，让一个护士跟着推了出来。我们来到医院的花坛前。这真是十里店难得的一个好去处，花团锦簇，麻雀聚集在树上欢唱，让人宛如置身在色调浓郁的年画之中。我不免又有憧憬，将自己虚构成一个脸蛋红扑扑的祖国的花朵，身处一幅喜气洋洋的画面中，下面是一行美术字：我们的祖国是花园。

徐未也蹲在画里，蹲在我面前，喂我吃面条。我的肚子始终在叫，轰轰隆隆的，那是饥饿被迫发出的最后吼声。其实我多想一把夺过那只铝饭盒，仰起脖子，把那些烂糊的面条倾倒进嘴巴里。但是，我克制住了自己激烈的食欲。我宁可享受着徐未谨小慎微地喂食。我觉得，那过程同样地令我甘之如饴。

我们终于可以出院了。郭有持的手下开来一辆面包车，但是他拒绝坐上去，仿佛乘车是一种亵渎性的行为。郭有持一手搂着徐未的腰，一手捏着我的手，从医院里出来，走上十里店的街头。

我们三个人，模样实在是怪异：郭有持的腰板被那一枪打得变了形，尽管他努力昂首挺胸，但肚皮依然瘪瘪地缩了进去，把背向后顶出一截，像一把行进着的镰刀；徐未脸上的青肿尚未消退，而且，公然和我们父子勾肩搭背，对于她，显然还有心理上的障碍，所以，她难免仪态尴尬，神情犹疑；而我，戴着一副大而无当的石头镜，像个小瞎子，过量脱水的身体，又像一根干瘪的茄子。

十里店街上的人，对我们当然要刮目相看。他们远远地遥望着这三个示威一般的疑难杂症患者，想认真地看，又缺乏足够的勇气。他们的目光像一只只长长的鸟喙，惶惑地啄在我们身上，偷窥着郭有持率领着我们招摇过市。我却有些从未有过的坦然，纵然眼泪在石头镜后纵横，但我却觉得自己一瞬间变得从容。因为，除了留下些脑震荡的后遗症，除了就此迎风落泪，更可宝贵的是，无论如何，我还学会了以一根阴茎的温度，来衡量活着与死去。

# 十

从医院里归来，我的家却焕然一新了。

我在我家门口，看到一块花花绿绿的布垫子。我不知道它是用来做什么的，只觉得它是一个障碍。我想跳跃着，蹦进我的家。徐未却率先做出了示范。她把自己的脚踩在上面，来回蹭一蹭，然后才进了门。这样，我才明白了这块花垫子的用途，也把脚踩上去蹭。我发现它里面塞着棉花，踩上去脚感不错。进到家里，映入我眼帘的，首先是那块白纱，它横亘在我的小床与大床之间，显然，也是一个障碍。这块白纱的用途是什么呢？我似懂非懂，却又有些深解其意。

不用说，这些障碍都是徐未设置的。

我突然就很伤心，觉得那块花垫子和那块白纱，对于我，就是一种拒绝的态度，它们要把我隔绝出去，然后在里面上演其他的风光。

我的家变得陌生了，我心里非常难受。可是我没有流出眼泪，我的眼泪已经在医院里流光了。我一言不发地找出我的书包，背起来向外走。在我的心里，已经把自己幻想成背着行囊去流浪的姿态了。

徐未在我身后说："你去哪儿呀，卡子？"

我对徐未产生出一些怨怼，闷头说了声：

"学校。"

徐未说："哎呀你急什么嘛！"

郭有持嘻嘻哈哈地笑着说：

"你别管他，他也是咱十里店的一条怪虫虫。"

这个时候已经快到中午了，即使我赶到学校，恐怕屁股都坐不稳又得回来。可是我依然出了门，蔫头耷脑地走上十里店街头，仿佛一条怪虫虫似的蠕动着。我有些受伤的感觉，有些自惭形秽，对自己，也有一些同情和怜悯。我感到了空前的孤独，一下子想念起了我妈。她在哪儿呢？尽管毫无依据，我却乐于一厢情愿地认定，改弦更张后的我妈，现在必定过着与十里店迥然不同的日子，不管那日子是什么，都一定是好日子。因为，在我心里，只要是与十里店迥然的东西，就都是好东西。正好比，只要是敌人拥护的我们就一定要反对，敌人反对的我们就一定要拥护。

走到学校门口时，果然已经放学了。我的同学们从学校里出来，像洪水一样地淹没了我。我向校门里走，挤在他们中间逆流而上。这样两种不同方向的行进，很快就把我孤立了出来。大家逐渐自觉地给我让开了一条通道，对我侧目而视。于是，我的孤独，我的自卑，都被无端地放大了。我又走成了一个被人夹道欢迎着的大人物，而这样被夹着走的滋味，你们难以知道。

尽管我的眼眶已经干枯，但是我感觉自己依然是在强忍着泪水。我走进了校门，转到了教学楼的背面。我本来是想找个没人的角落歇口气的，却一眼看到了唐宋。

唐宋夹着一沓本子。他很瘦，面孔白皙，头发蓬松，在我看来，有种英俊的憔悴之美。唐宋看到我，先是不自觉地打了一个摆子，接着脸上就有些惊讶。他说：

"郭卡，怎么是你呀？你出院啦？好彻底没有？"

唐宋的问候令我一下子委屈万分。我都不知道，我居然又流出了眼泪，直到泪水流进了嘴里，我才羞愧地用袖子抹去了它们。对于我的眼泪，唐宋似乎并不觉得奇怪。他只是斜着头，若有所思地看着我。然后，他伸出手在我头上摸了摸。我感觉到了，这只手就长在他被打断的那条胳膊上，因为，它有些僵硬。唐宋说：

"来吧，到我屋里去，我还有件东西要给你呢。"

我立刻好奇起来。同时，我胡思乱想的老毛病又开始发作。我想，唐宋不会是要对我打击报复吧？把我诱骗进去，然后咔嚓一声，搞断我的胳膊？所以进到唐宋的小屋后，当他弯腰在床下寻找时，我不由得感到了紧张，怕他也摸出一根胳膊粗细的大棒子。当然，这只能是我的遐想。被唐宋从床下摸出来的，是这样一个装置：它是一块木板，下面用两根铁棍固定着四个滚轴。这种东西我是不稀奇的，十里店街头到处都是，像我这么大的男孩，几乎人手一辆。他们叫它滑轮车。

唐宋把这辆滑轮车举在我眼前，翻来覆去地看一看，自言自语道：

"做得蛮结实的，站上去一个胖子也没问题，嗯，也散不了架！"

"你送我的？"

我很迟疑，感到不可理解。

"不，不是我，"唐宋说，"是赵挥发，是他委托我转交给你的。"

我更加疑惑了，为什么是赵挥发呢？

唐宋说："赵挥发已经转学了，所以，他不能亲自给你。"

我吃了一惊，问道：

"他转学了呀，转到哪儿去了呢？"

唐宋说："大概是去兰城了吧，他爸爸调动了工作，他就跟着走了。"

原来，在我们住院期间，赵群副厂长调往了兰城。他去兰城电力技校做校长了。那里曾经是我妈的母校，培养着像我妈一样与郭有持在本质上对立着的人。想必，在那里，赵群副厂长那"专属民国"一般的嗓音，一定会大有作为的——学校毕竟是个更适合发言的地方吧？

我把那辆滑轮车接在手里，像是接过了烈士的枪。这是我生命中收到的第一个馈赠，那分量，难免就会重若千钧。同时，我又有些恍惚。我的身体依然孱弱，如此复杂的事情摆在眼前，一下子就有些吃不消。

唐宋在我发愣的时候去食堂打来了饭。他的屋里只有一张桌子，和我们的课桌一模一样，上面堆着我们的作业本，还有粉笔盒、墨水瓶。唐宋把打来的饭放在桌子上，邀请我与他共进午餐。我当然是受宠若惊了。我觉得，坐在这样一张桌子前吃饭，就是一种荣誉啊。

直到今天，我依然记得那顿饭的内容。它们分别是四个馒头，一碗白菜炒粉条。被我记下的，还有唐宋的一番话。那时唐宋被馒头噎住了，举起一只大搪瓷缸子很痛快地喝了一通，然后他对我说：

"郭卡，你还小，大人们的事情，和你没什么关系的。"

说完，他沉思起来，在我以为他已经没什么可说的时候，他又说道：

"郭卡，你也不算很小了，有些事情，也该懂得了。"

他又说我小，又说我不小，这种自相矛盾的话，实在不像一个语文老师该说的，所以，就格外被我牢记在心了。

吃完饭后，唐宋就让我回家了。他说：

"你多休息几天，身体好了再来上学吧。"

唐宋说："你看你长得多快，才几天，又长了一截！"

我觉得唐宋的这句话也是在形容一条虫子，长啊长的，可不就是条愚蠢倔强的怪虫虫吗？

我夹着那辆滑轮车回家去。一路上我仔细地研究它。我想，这辆车一定被赵挥发玩了很久，因为那块木板已经被磨得光滑无比，栉风沐雨，发出油亮的红光；四只轮子也熠熠生辉，轻轻一碰，就旋转不已。说实话，我并不是非常渴望拥有这么一辆滑轮车，我无法想象自己也能够乘着它驶入正常的童年，像其他的孩子一样呼啸着茁壮成长。我已经习惯了虫子般的缓慢，习惯了沉默寡言。

如果我也去滑翔，我首先需要克服的，并不是速度，并不是风，而是巨大的羞怯。

郭有持正在家里宴请他的朋友们。黑脸的王飞来了，喝了酒的脸显得更加地黑，像一块亮晶晶的炭。那个穿着军装的胖子，就是赢了我家房子的人武部部长李响，这也是十里店的一个名人，狭长的眼睛像一只闭眼的乌龟。郭有持和这些人抱作一团，逼走一个"专属民国"的赵群副厂长，也就不足为奇了。他们在弹冠相庆，碟碟碗碗地摆了一桌。我站在门口，一边在那块花垫子上蹭脚，一边想，和他们这种乌烟瘴气的吃喝相比，唐宋老师趴在课桌上的一日三餐显得多么伟大啊。

徐未在忙前忙后，她端着一盘粉条炒肉从小厨房出来，和我撞了个正着。徐未一眼就看到了我夹着的东西，神色在一瞬间凝固住。对于那辆光彩熠熠的滑轮车，徐未显然并不陌生。

# 十一

我妈和徐未共同开启了十里店的一个时代。从此，在郭有持这两个女人的垂范下，十里店摆脱了上世纪八〇年代的遗风，突然某一天，丈夫或者妻子就自个儿跑了，要不就楼上楼下地乱住，对此没有人再感到惊讶。

徐未在我的少年时代进入到我的世界。她穿我妈留下的衣服，给我做饭，扮演的就是我妈的角色。但是，她毕竟不是我妈。在我眼里，徐未首先是一个风韵犹在的美丽女人。她既苗条，又壮硕，身体像一颗炸弹般的有力。而且她还对我有种似是而非的羞涩态度。这恰好是我欲望初成的时期，我仿佛一个正在破茧的蛹，纷乱的世界即将向我扑来。我既慌乱，又怯懦，于是，徐未必然成为了我所有情怀的寄托者。我对她有着异乎寻常的迷恋。

但是，徐未却用一块白纱把我和她隔开了。

她太把我当一回事儿了。她都不惜在十里店做一个名誉不佳的女人，公然和郭有持同居在一起，却格外在乎着我的目光。那块白纱吊在一根尼龙绳上，收缩自如。每当夜晚来临，它就会刷的一下展开，把我的小床与他们的大床分割开。在我的眼里，这块白纱就是我家小屋里的一道伤口。它有点画蛇添足，反而强调出了我对它后面事物的兴趣。我有些不能理解，既然要挡住我，徐未为什么不挂上一道更严密的屏障呢？比如一块帆布，或者干脆就是一块铁皮。它不该只是一块白纱，这不但把家弄得像一个灵堂，而且，它几乎就是透明着的，在月光下，它后面影影绰绰的动静，反而显得更加昭彰。

郭有持不是谨慎的人，所以那块透明的白纱，几乎就是掩耳盗铃的一个摆设。

他们在夜晚，在白纱的那一面，仿佛一对绞杀着的怪物，此起彼伏。而躺在这面小床上的我，眼睛总是控制不住地盯过去。他们的动静实在是不小，甚至虎虎有声，把空气都扇动起来，令那块白纱跟着飘来荡去。在月光下，他们像皮影一样投射在白纱之上，歪歪扭扭地给我上演着澎湃的戏。每当此刻，我的心脏就好像变成了一只马力强劲的泵，它咚咚咚地跳着，似乎都能将我的身体发射出去；我用枕头压在胸口上，居然能被它震落在地。我遗精的频率频繁起来，常常在深夜被汹涌的尿意憋得半梦半醒，如醉如痴。

我因此变得更像一条虫子了，走在街上，都尽量挑选有阴影的地方走，因为阳光往往会令我流出虚汗。

我也发誓再不去看那块白纱上的影子。我把头埋在被窝里，甚至手握那把蛇头虎尾的土枪，用它冰冷的枪管顶住自己的肚皮，幻想着一枪干掉自己。但是，只要那块白纱刷的一下展开，我就难以自持。

徐未应该看出了一些问题。我的衣服都是她洗的，那些湿乎乎的裤衩当然也不例外。渐渐地，她大约也摸出了规律，只要他们在夜里折腾了，第二天我必定会交上一条湿裤衩。这当然会令她难堪和不安。她的这种情绪是和我一致的，所以，尽管她没有透露出来，我也可以感觉到。我觉得徐未面对我时，经常有些愧色。她总是给我盛许多的饭，而且还给我买了新衣服和新球鞋。我觉得，在我们这个家，我和徐未是有着一些默契的。我们是同一个战壕的战友，而郭有持，就是个敌对分子。是他在压迫着我们，令我们的生活忧伤难言。

认识到这一点，我就开始体恤徐未了。

我找到了一个方法，只要那块白纱拉起来，我就摸黑溜出门，跑到十里店街上去徘徊，直到觉得差不多了，才重新摸回去。后来有一次，我带上了那辆滑轮车。

十里店漆黑一团的夜晚给了我勇气。我尝试着站在了那块木板上，一点一点地摸索着滑行的技巧。没用多久，我就可以自如地驾驭这辆滑轮车了。突然有一天，我脚下的四个轮子就生出了风，它们骤然将我带着飞了起来，像一道闪电，划过十里店的夜晚。十里店被山环抱着，路面大多是起伏的坡道，这令我的滑行更加便利。尤其在夜里，空荡荡的街道上毫无障碍，我一往无前地冲出去，有时候居然就腾空而起。

当然，忘乎所以的时候也难免会出现意外。有一次，一块石头将轮子弹起来，我被抛出去，摔落后就不省人事了。我在空中飞翔的一瞬间，似乎还看到了在月朗星稀的夜空中，我妈穿着绿裙子的仪容。她体面地走向我，像一株移动的树，脸上露出含蓄的微笑。我妈的微笑就是我落地那一瞬间凝固在脸上的表情。当我微笑着苏醒过来时，突然看到一个人影在我前面不远的地方走来走去。

我被吓得不浅。因为这个人一边来回地走，一边左右开弓地抽着自己的耳光。我以为自己出现了幻觉，缩着身子爬起来，躲在一棵树后偷偷地观察着。这个人走过去，又走回来，发出双重的声音。一种是皮鞋踩在地上的嘎嘎声，一种是耳光抽在脸上的劈啪声。他往返的直径渐渐在扩大，几个来回后，就渐渐地和我拉近了距离。

突然，他停顿了下来，猛然回头，警觉地盯着我藏身的方向。我不免魂飞魄散。

更让我吃惊的是，我认出来了，这个人居然是赵群副厂长。他好像发现了我，眼睛在月光下闪着狂野放诞的光。我惨叫了一声，回头就跑。跑出十多米，我突然想到了我的滑轮车。我在逃命之中依然能想起它，说明我和它已经是难分难舍。

我只好回头去找。一回头，我发现赵群副厂长也在疯也似的狂奔着。

他和我背道而驰，他的背影有些笨拙，两只手不知道是何用意地举在头顶，一边跑一边欢呼似的舞动着。他跑什么？莫非也和我一样，被吓破了胆？我分析不出这里面的原因，这一幕太玄秘了，谁说得清楚赵群副厂长怎么会重返十里店呢？他在深夜的街头响亮地抽着自己的耳光，仅此一条，就足以令人迷惘。

我战战兢兢地在月光下寻找着。终于，我看到我的滑轮车了。它孤零零地躺在那儿，四个轮子朝天，就像一具尸体。有一刹那，我突然感到了不祥。那种仿佛的苍老和厌倦又包围了我。我不禁回头张望，确定身后无人，心里也依然恐惧不安。

我猜测，赵群副厂长在深夜里出现在十里店街头，多少是和徐未有些关系的。他也许是在缅怀，也许是在凭吊。那么，他缅怀和凭吊出了什么，令他懊悔不已地抽着自己的耳光？我也想到了我妈，不知她是否也会在某一个夜晚重归十里店，在我熟睡或者梦遗的时刻，近在咫尺地途经我？我想这也是极有可能的吧？

那些从十里店出走的人，总是和这里有着千丝万缕的联系，需要他们回来缅怀和凭吊。

# 十二

十里店本来是一个比较冷清的地方。当我刚上初中的时候，它突然变得热闹起来。

一些煤贩子出现在十里店街头。他们和电厂做着交易，因为交易的缘故，紧跟其后，一些花花绿绿的饭馆、酒店、流动摊贩也冒了出来。这样，几乎在一夜之间，十里店就经常有陌生的面孔出现了。

十里店的格局发生了变化，给郭有持带来了新的问题。

郭有持本来已经确立起了自己在十里店的地位，是一把赫赫有名的镰刀。但是，对于那些陌生的面孔，这把镰刀无效，他需要重新施展一番，树立自己的威信。这一次难度不小，因为，那些煤贩子们也不是好欺负的。他们来自五湖四海，并且腰包里鼓鼓囊囊地塞满了钞票，难免就财大气粗，为所欲为。

冲突很快就发生了。那天中午，郭有持在十里店街头居然被一个煤贩子啐了一脸的唾沫。

当时郭有持正慢悠悠地在街上走，身后那辆疾驰而来的越野车被他挡住去路，就拼命地摁喇叭。车上的人大约也觉得奇怪，以为这个在马路当中散步的家伙，是一个聋子。郭有持当然不是聋子，非但不聋，而且对身后尖叫着的喇叭声非常反感。它不叫还好，说不定郭有持就把马路让开了，可是它一叫，反而惹怒了郭有持。郭有持早就对十里店发生的变革心怀抵触了，骤然提速的十里店，在他眼里就意味着秩序的混乱。

郭有持像个交警似的转过了身，右手背在身后，左手笔直地伸出去，下达了一个标准的停车命令。

开车的司机把头从车窗探出来，不解地问：

"啥意思？"

郭有持才不搭理他呢，左手翻过来，用一根指头向他勾一勾。

这时候从车里钻出一个铁塔一般的男人。这家伙一看就是个煤贩子，因为他的腰上系着个肥大的腰包——这几乎就是煤贩子们统一的装束了。他绕到车头前，好奇地打量着郭有持，问道：

"你挡道儿干啥？"

郭有持说："啥叫挡道儿？你骂我呢吧？"

煤贩子说："我没骂你呀，我问你挡道儿干啥。"

郭有持说："你骂我了，好狗不挡道儿，你骂我是狗呢。"

煤贩子哧的一声笑了出来。他说：

"你这人很聪明嘛，那么你是想当一条好狗呢还是想当一条坏狗？"

郭有持眼睛翻起来，望着天说：

"你说呢？"

煤贩子说："我说你既不是好狗，也不是坏狗，嗯，我看你是条疯狗！"

说完他又叽叽咕咕地笑起来，他大约真的以为自己是遇到了一个疯子。

郭有持实在是其貌不扬，弯腰驼背地横在马路当中，也难免被

人当成一条疯狗。但这个煤贩子还是不太客观。因为尽管郭有持其
貌不扬，却向来是一个讲究排场的人，什么流行他穿什么。《第一滴
血》上演的时候，他穿兰博衫；如今十里店突然热闹，他穿的是刚
刚风行起来的"金利来"西装，他只是少打了一根假模假式的领带，
但也颇有些正儿八经的架势。一般来讲，疯狗鲜见有他这般装束的
吧？

把郭有持当做一条疯狗看待的煤贩子回身钻进了车里，示意司
机开车。车子侧头的时候，却被郭有持一把拽住了车门的把手。煤
贩子不耐烦了，把车窗摇下来，冲着郭有持就吐出了一口唾沫。那
口唾沫真是厉害啊，像一口含在嘴里的水，兜头喷在了郭有持的脸
上。郭有持被这口丰沛的唾沫吐得一个趔趄。他用手抹脸的工夫，
那辆车就从他身边扬长而去了，并且倒车镜还剐到了他的"金利来"
西装，几乎把他挂出一个跟头。

回过神来后，郭有持就像只受伤的兔子似的蹿出去。大约十几
分钟后，他又跑步出现在了十里店街头，手里拎着他那把寒光闪闪
的菜刀。

郭有持被空前的羞辱搞晕了头，他认为那辆车还会出现在眼前
呢。所以，他坚持不懈地等在原地，企图用菜刀找回自己的荣誉。
他足足等了一个下午，一直等到了黄昏，那辆车也踪影全无。

那时我恰好放学回家，看到郭有持站在街上，手里的菜刀在夕
阳下反射出温暖的金黄色光芒。

我看出来了，街道两边那些看似松散的人，实际上都怀着幸灾
乐祸的念头。他们貌似在各忙各的，实际上注意力都不约而同地集
中在郭有持的身上。我也站在路边观望。郭有持站在马路中央，一
身光鲜的"金利来"，他和他的菜刀，在夕阳下拖着长长的影子，有
一种拔剑四顾心茫然的孤独。他仿佛是凝固住了，但我却听到了他

蝌　蚪

灵魂气喘吁吁的声音。

作为十里店的标志性人物，郭有持蒙受了空前的羞辱，这件事情有一种象征性的意味。因为，由此开始，十里店就揭开了被凌辱的一页。先是有女人被煤贩子强奸了，然后又有人被煤贩子的车撞飞出去。

被强奸的那个女人是在一天下午遭到的不测。当时她正骑着车子上坡，突然就被揪进了停在路边的一辆小车里。她进行了激烈的反抗。但是车里的人喝了酒，硬是拳打脚踢地制伏了她。女人是光着屁股从车里跑下来的。她鼻青脸肿地骑上自己的车子，直接就去派出所报了案。派出所的公安赶到现场，那辆车居然还停在原地。强奸犯被抓个正着。据说他喝醉了酒，把那受害的女人当做了自己以前的一个情人。他看错人了，就这么简单。如果他看错了人，只是上去打个招呼，那自然是另当别论。但是他公然在光天化日之下强奸妇女，被抓进派出所几个小时后，也被另当别论地释放了。因为他是个煤贩子，腰里系着肥胖的腰包。酒醒之后的他，态度还是端正的，表示可以掏钱，给多少都行。派出所就原谅了他，对他宽大处理了。但是那个女人却绝不原谅，她不要钱，要把煤贩子绳之以法。派出所为此很生气，批评这女人不知好歹。女人为此更生气，天天到派出所的门前去闹事。我每次放学路过那里，都会看到这个倔女人严肃认真地举着一面小红旗，上面写着：

**金钱不是万能的，严惩罪犯，还我尊严！**

被煤贩子的车撞飞了的是一个中年男人。当时他正过马路，那辆装着满满一车煤的大康明斯就迎面撞了过来。车上的司机倒是踩了刹车，无奈车身沉重，又恰好是在十里店落差最大的一段坡道上，于是巨大的惯性还是酿成了惨剧。中年男人当场毙命。那时我恰好在场，我看到他的尸体了。他平平展展地趴在地上，像一片纸那么薄，身边居然一点血都没有，只有被他落地时拍起的尘土经久不息地在阳光中飞舞。人们喊：

"完了完了，死定了！"

他们这个判断的理由是：这个男人的一只鞋已经离开了他的脚。他们很在行地说，只要鞋离了脚，这人就一定是死透了。

我也看到那只鞋了，不知道是什么原理，它居然落在那辆康明斯的车头上，一副要随时拔脚而去的派头。车上的司机当然也看到了那只鞋，他显然也是个行家，知道鞋离了脚意味着什么。所以，他干脆就不下车了，一脚油门踩下去就把车开跑了。这太令大家震惊了，相互张望一番，就有见义勇为的人撒腿追赶上去。追出几百米的样子，只好眼睁睁地看着他逃逸掉。后来肇事者还是被抓到了，但是结局和那个强奸犯一样，他的雇主用肥胖的腰包替他把事情解决了。这个死者的家属倒没有闹事，他们得到了一笔可观的赔偿。只是这件事情造成的影响太恶劣，众目睽睽的，居然敢撞死人后车都不下地跑掉，实在是让人义愤填膺。

这两件事情刺激了整个十里店的神经。于是，甚嚣尘上，一种气氛在十里店的上空形成了。同仇敌忾，大家自觉地就划出了界限，把煤贩子放在了自己的对立面。十里店的人意识到了，煤贩子们的到来，已经破坏了他们的生活，那些肥胖的腰包，正在对他们进行凌辱。这个时候他们就想到了郭有持。他们忘掉了郭有持的诸般劣迹，同样是敌人反对的他们就要拥护，敌人拥护的他们就要反对。郭有持这把赫赫有名的镰刀，在他们眼里被赋予了捍卫十里店尊严的重任。

十里店的人拭目以待，猜测着被煤贩子啐了唾沫的郭有持将怎

样进行反击。

　　其实大家不用对郭有持充满期待，他不用鞭策，本身就怀揣着他的菜刀，天天在十里店的街头逡巡。那件"金利来"西装不被他套在身上了，被他披在身上，为的是便于双手抱肩，掩护住怀里时刻在握的凶器。

　　起初郭有持的目标还是很有针对性的，但是一连许多天过去，那个当众羞辱了他的家伙都没有露头。于是，郭有持就扩大了他的打击面。他纠集起自己那帮兄弟，开始有组织地袭击煤贩子。那些花花绿绿的饭馆、酒店，成为了第一轮的攻击目标。往往是几个系着腰包的家伙正在推杯换盏，身后突然就拥上一群人，每人手里握着一根铁棒，劈头盖脸地打将上来。接下去受到攻击的，就是煤贩子们的车了。他们的车规规矩矩地停在路边，里面既没有人强奸妇女，外面也没有撞死人，却还是被石头、铁棍打了个稀巴烂。

　　一时间，十里店的暴力事件风起云涌，成为了煤贩子们的地狱。

# 十三

　　郭有持企图恢复十里店的秩序。他这么做，却破坏了其他的一些秩序。没用很久，就有人开始干涉了。先是电厂派了人来跟郭有持谈话，承诺把他调到最好的一个机组去，说那里刚刚进口了波兰的高级锅炉，工作环境堪称一流。郭有持对此毫无兴趣。他已经基本不去上班了，哪里还管锅炉高不高级。然后，几个戴着大盖帽的公安就找上了门。他们态度还算客气，只是要求郭有持跟他们走一趟。

　　徐未紧张万分，拦在门口说：

　　"你们凭啥抓人？"

　　公安说："我们没有抓人，我们只是带他回去问些事情。"

　　徐未说："只是问些事情吗？那你们就在我家问好了！"

　　公安们面面相觑，拿不定主意该怎么办。倒是郭有持替他们解了围。郭有持理直气壮地说：

　　"去就去，我又没强奸人，我又没撞死人，我怕啥？"

　　然后郭有持就跟着公安走了一趟。这一趟同样收效甚微。十里店派出所并没有掌握什么证据，他们只是对郭有持警告了一番，义正词严地要求郭有持不要"破坏十里店的经济发展"。

蝌　蚪

　　郭有持问："什么叫破坏十里店的经济发展？"

　　公安说："扰乱社会治安，就是破坏了十里店的经济发展。"

　　郭有持很诚恳地问："什么叫扰乱社会治安？"

　　公安火了，准备把他铐起来。这时候，恰好那个在派出所外举着小红旗的女人闯了进来。郭有持一拍腿说：

　　"我懂了我懂了，这女人就是在扰乱社会治安！我哪天要是也举小红旗了，你们就把我抓起来！"

　　公安们啼笑皆非，只好把郭有持和那女人一起轰了出来。

　　郭有持自鸣得意，认为自己应付得很巧妙。他从派出所出来，走到门口时迎面看到一个人。这个人长得像一个铁塔，嘴角挂着一道明晃晃的涎水，竟然就是那个啐了他一脸的煤贩子。郭有持以为自己花了眼，定睛一看，这人也在一脸吃惊地看着他。这个时候的郭有持还是相当沉着的，他甚至向这个人点头示意了一下。这个人也对他笑了笑，然后才一步三回头地走进了派出所。

　　那一天，我和徐未在家等着郭有持。他如期归来，我也感觉到了一些欣慰。但是郭有持一进家门后就摸出了他的菜刀，转身又要向外走。

　　徐未像拦那几个公安一样地拦在门口，她说：

　　"哪里去？"

　　郭有持说："去去去！"

　　徐未说："今天无论如何我也不让你出去了！"

　　郭有持把菜刀一横，让我以为他是要一刀劈翻徐未，然后夺门而出。

　　正在这个时候，一辆越野车开到了我家门前。从车上下来的，正是那个铁塔一样的煤贩子。这太令人吃惊了，我一下子就想到了那个清晨，想到了那团枪口发出的白光。郭有持的惊讶不亚于我，他的身子也仿佛中枪般地后仰了一下。但是我们很快都镇静下来，因为，穿着军装的李响部长也紧跟着从那辆车上钻了出来。

我们镇静下来，但是疑虑却并未打消。我们的眼睛都充满着警惕。我看到，郭有持拎着菜刀的那只手已经攥得苍白起来。门外的那两个人也看到了郭有持手里的菜刀，但是他们显然是有备而来的，稍微迟疑了一下，脸上就堆起了笑容。

李响说："老郭老郭，我是带着王老板来给你赔罪的！"

郭有持一言不发地迎上去，一只手钩在那个王老板的脖子上，说：

"你来得正好，走走走，咱们找个地方说去。"

郭有持单薄瘦小，又驼着背，他一手拎刀，一手钩在王老板的脖子上，像一只攀援的猴子，样子多少有些滑稽。那个铁塔般的王老板委曲求全地半蹲着身子，嘴里发出鸽子般的笑声。

李响在一旁拽住了郭有持：

"老郭，你给我些面子好不好？王老板是我的朋友。"

王老板附和道："是是是，郭大哥，兄弟是专门来给你赔罪的！"

郭有持松了王老板，对着李响问：

"他是你朋友？"

李响说："没错，是我朋友。"

郭有持说："才认识的吧？"

李响一怔，脸沉下来说：

"老郭你啥意思吗？"

郭有持不看李响了，他目光凛凛地盯住王老板说：

"你吐我唾沫了。"

王老板说："是是是。"

说着他就从自己的腰包里掏出一沓钱，往郭有持的怀里塞。

蝌 蚪

　　郭有持大义凛然地把菜刀一横说：

　　"你的车把我剐到了。"

　　王老板沉思了一下，突然就转身走到自己那辆越野车旁，抬起脚咣咣两下踹碎了车窗的玻璃。车里那个司机吓得怪叫了一声。我忍不住咯咯笑起来。我当时真的是很快乐。我对郭有持产生出空前的敬意。我觉得他的态度真的是庄重，简直就是富贵不能淫，威武不能不屈！但是郭有持却愤怒了。我那时候并不知道，原来郭有持也是如此的敏感。在郭有持看来，这个煤贩子的举动反而是弄巧成拙，他踹得太干净利落，太不假思索，反而就有了一种炫耀的意味。郭有持认为他的尊严远远超过那两块车窗玻璃，他觉得王老板再一次向他啐出了唾沫。

　　郭有持嘿嘿嘿地笑了一阵，他说：

　　"妈的还由了你了，你今天到我家了，咱就该按我的办法来！"

　　郭有持举起了自己的左胳膊，用那把菜刀将袖子蹭上去，两根手指在刀面上当啷一敲，仿佛跟荣辱与共的哥们儿打了声招呼，然后，他刀锋一抹，一片肉就从他的左胳膊上掉了下来。那片肉白生生的，一点血迹都没有，仿佛是个独立的生命体，在空中扑腾了片刻，落地后还突突地跳了几下。

　　十里店有一家卖刀削面的，刷刷刷，削面的师傅就是这样的动作。

　　郭有持像削面一样地削自己胳膊上的肉，大家都被吓得呆住了。我心脏的跳动都发生了短暂的停止。徐未更是惊叫了一声，居然一把将我搂在了怀里。她需要抱住一个什么东西才能抑制住自己的惊惧。所以，她就紧紧地抱住了我。我当时的第一个反应，就是把头埋在她的胸前。但是，我又控制不住自己回头去看郭有持。郭有持曾经无数次在我的眼前挥舞起这把菜刀，但是我从未见到过这把菜刀落在实处。谁能想到，如今我第一次见到它发挥作用，却是用在了郭有持自己的身上。

李响声音古怪地喝道：

"老郭，你不要破坏十里店的经济发展！"

他大约也是被吓糊涂了，居然说出这样的一句话。

郭有持看都不看他一眼，刷地又削下了自己的一片肉。这时先前的那个伤口开始出血了，血珠子像汗珠子一样地从创口冒出来，很快就染红了郭有持的胳膊。他把菜刀递给王老板，理直气壮地说：

"该你了。"

王老板定定地看着郭有持。那把菜刀被郭有持横在他的鼻梁前，寒光晃得他眯起了眼睛。他嘴角滴出很长的一道涎水，黏性不错，经久不断地垂挂到下巴以下。接着，他抹一下嘴，决定逃跑。他在将要转身的时刻，打了一个响亮的嗝。这声响亮的嗝仿佛一声号令，于是那把菜刀一竖，笔直地劈在了他的脸上。

这一刀劈得相当精确，端端正正地劈在王老板面部的正中央。

和郭有持削在自己胳膊上的一样，那伤口起初是没有血的，过了一会儿它才绽裂开。首先是王老板的鼻头，它像两枚蒜瓣一样地张开了口子，然后，那张脸就向两边绷开了。

我的头这一回坚定不移地扎进了徐未的胸口。徐未出汗了，身上有股热烈的体香。她的心脏在强劲地蹦跳着，将饱满的胸脯一下一下有力地撞向我的脸。

# 十四

郭有持用菜刀把王老板的脸一分为二后就潜逃了。

王老板并没有生命危险，他只是需要把那张脸缝起来。我想王老板的那张脸愈合后，也一定是骇人听闻的。人们会以为他的脸是张面具吧，中间还需要用拉链拉住。

这是个破坏十里店经济发展的典型案件。警方把它定性为故意杀人，在十里店大范围地搜捕郭有持。那动静真的是不小。从兰城专门下来了一队身着便衣的公安，他们个个高大魁梧，相貌不凡。我的同学们议论说，这些不穿警服的公安才是高手，就像电视里的神探亨特，从来就没戴过大盖帽。我在一旁偷听到这种话，心里不免要为郭有持捏把汗。我想，这一次郭有持多半是凶多吉少。但是，穿警服和不穿警服的公安们在十里店奋战了一个多月，依然没有令郭有持落网。他们几次三番地光临我家的小屋，对徐末进行教育，做徐末的思想工作，目的当然是让徐末供出郭有持的下落。

徐末当然是不会配合的。她仿佛也患上了泪流不止的毛病，这一点倒是和我的手段相同。公安一到，徐末的眼泪就会夺眶而出。并且，她的眼泪富有灵性，似乎长着鼻子和耳朵，往往是，公安们还没有进入生活区，徐末的眼泪就提前嗅出了危险，先公安们一步刷地涌出来。

公安拿泪眼婆娑的徐未毫无办法，就打起我的主意。他们在一个下午来到了电厂附中，把我叫到校长办公室去问话。我当然感到非常害怕，尤其看到这几个公安都身着便衣后，我差不多要崩溃了。所以，他们还没有开口我就哇地哭起来。公安们皱起眉头，其中一个和蔼地对我说：

"你不要哭——我们听说你的学习成绩很不错，是全年级的第一名！"

这不要哭本身是和我的学习成绩无关的事，我的学习成绩再好，也不能成为我放弃哭泣的理由。但这两件毫无瓜葛的事情被这个公安联系着说了出来，就起到了意想不到的效果。那就是，我的眼泪更加汹涌了。我有些为自己的学习成绩而骄傲，有些为自己的哭泣而自卑。我呜呜噜噜地说：

"我真的不知道郭有持在哪儿呀，我真的不知道！"

"唔？"公安听到我直呼郭有持的名字，不由感到了诧异，"你真的不知道你爸爸在哪儿吗？"

他有意强调了"你爸爸"三个字。

而我说："他不是我爸爸！他用菜刀逼走了我妈！"

公安们恍然大悟了。他们基于我对郭有持的仇恨态度信任了我，没有继续对我审问下去。他们走后，我依然哭得肝肠寸断。我是被自己吓坏了。显然，我对便衣公安耍了花招，我夸大了自己对郭有持的仇恨。我这是在故意混淆视听啊，是什么动机在作祟呢？也许，可以蒙蔽这些公安中的高手，本身就是一件令人着迷的事情。

电长附中的庄校长是个相貌丑陋的中年妇女，公安们走后，她一直恶狠狠地盯着我。我坐在她办公室那张墨绿色的破沙发上，哭得无比伤心，陡然听到她在我耳边阴险地说了一句：

"好了好了，人家已经走了，你还哭给谁看！"

她是什么意思？我的哭声戛然而止，仿佛真的被人戳穿了阴谋诡计。我不敢去面对这个丑陋的女人，夹起尾巴溜出了她的办公室。我的心里对郭有持怨恨起来，我想他此刻不知道躲在什么地方逍遥法外，却把无尽的泪水留给了我和徐未，这种日子不知道什么时候才是个头，倒不如让公安早些抓住他的好。

没想到我闪念之间的诅咒却变成了事实。三天后，郭有持就被抓获了。

他原来和我们几步之遥，就在电厂生活区，躲在我家以前的那间小屋里。那间小屋是厂里分配给郭有持的，要收回时，却被他长期霸占着，后来又在牌桌上输给了李响。这件事情直接导致了我妈的离家出走。谁又能想得到呢，郭有持就藏在大家的眼皮底下。那间小屋和郭有持的关系大家早都忘记了。我每天都要从它旁边经过好几次，却不知道郭有持就潜伏在里面。他看到我了吗——从门缝或者窗角，看着我走过去，同时，对着我无声地做着鬼脸？

当时正是黄昏，电厂生活区的大喇叭正播放着欢快的乐曲。赵群副厂长走后，没人讲话了，他们只有用乐曲来填满每一个黄昏。藏在小屋里的郭有持也许正沉浸在美妙的乐曲当中，所以，没有听到门外凌乱的脚步声。直到公安破门而入，他才如梦初醒地蹦了起来。郭有持蹦起来完全是本能的反应，换了任何一个人，大约都是要蹦的。但公安不这样理解，他们把这看做是郭有持负隅顽抗的表现。蹦起来还未落地的郭有持被飞起一脚踹到了墙上，再落下来，已经有几只大脚踩在了背上。从兰城来的便衣公安到底是不同凡响，他们干净利落地制伏了郭有持，毫不拖泥带水。

人们都跑出去看。徐未不在家，我听到外面乱起来，当即就预感到不妙，连忙也跑了出去。

李响把那间小屋用来当做仓库了，把他家的破烂一鼓脑儿地塞在里面，如此一来，小屋里的卫生状况当然就非常糟糕。当郭有持从里面被押出来时，就是一只土老鼠的样子。他的头上顶着蜘蛛网，胳膊上包扎着的纱布也肮脏不堪，渗出来的血迹混合着尘土，让人以为他伤口里流出来的不是血，是黑兮兮的石油。郭有持身体的形状完全成为了一把镰刀。他的双手铐在背后，头被公安使劲地向下摁着，一眼看到我，居然拼命直起脖子，又冲我做起了鬼脸。我是这么看的：他的身体是一把镰刀，而他直起来的头和脖子，就是那把镰刀的手柄。我还看到了我家的那只铝饭盒。它扔在地上，已经被踩得变了形，许多大皮鞋从它身上踩过去，把它踩成了一张铝皮。

　　郭有持被塞进了一辆吉普车。围观的人都很亢奋，车开走了，他们还兴致盎然地追出了生活区。我没有尾随过去。我跑进那间小屋，拾起那只备受践踏的铝饭盒，然后，像一个贼似的跑回了家。

　　我躲在家里研究那只铝饭盒，从翻卷的铝皮中检查出几根面条，上面还挂着些肉末。我想起来了，昨天晚饭徐未做的就是臊子面啊。看来，蛰伏暗处的郭有持并没有饿着，他也享用着徐未的臊子面呢。我不由得就很佩服徐未，她不露声色地给郭有持运送着食物，就像一个杰出的地下工作者啊。

　　这时候徐未气喘吁吁地跑回来了，一进门，就问我：

　　"抓走了？"

　　我说："可不，抓走了。"

　　徐未居然又是一把将我搂在了怀里。她拍打着我的背，既是在安慰我，也是在安慰她自己。徐未说：

　　"一定是李响出卖了你爸，只有他知道你爸躲在哪儿！"

　　我的头埋在徐未的胸前。她的身体既绵软，又富有弹性，那种挤压的感觉几乎要令我哭出来。我目睹了郭有持被抓走的过程，当时都没有感到伤心，但是，此刻我被徐未搂在怀里了，我才为这件事情难过起来。

徐未判断得没有错。当然是李响出卖了郭有持，这是毫无疑问的。十里店开始了蒸蒸日上的经济发展，人的思想观念以及脚跟立场，都会发生转变的。在煤贩子和郭有持之间，在腰包和菜刀之间，李响当然会选择前者。认识新朋友，卖了老朋友，这也没什么可说的。

# 十五

郭有持被判了十年的有期徒刑。这个消息首先是王飞传达给我们的。

王飞黄昏的时候来到我家，坐在我的小床上。我和徐未都感觉判得太重。我在心里盘算了一下，十年啊，到那时候，我都已经二十四岁了！我都怀疑，郭有持能不能活那么久。

王飞却说："不不不算重，故意杀杀杀人最低就得判这么多，还是朋友们帮，帮了忙，要不老郭有可能被判得更重呢，说不定就给枪毙毙毙掉了！"

王飞"杀杀杀毙毙毙"地把我和徐未都吓住了，一瞬间我们都屏声静气，连话都不敢说了。那时候大喇叭里一如既往地在播放着乐曲，是杭天琪，在唱：我家住在黄土高坡，大风从坡上刮过……

王飞说："我们再再再想办法，尽快把老郭弄弄弄出来！"

徐未小心翼翼地问：

"能有办法吗？"

王飞说："能——能！"

徐未说："那就全靠你了，老郭的朋友里只有你能帮上这忙了。"

王飞嗯了一声，转头对我说：

"卡子，你出去玩玩玩一会儿，我们要要要商量事情。"

我有些犹豫。我其实也想听一听王飞会有什么锦囊妙计，可以把郭有持弄出来。我去看徐未，她也向我点了点头，我就只好出门了。

这时候天还没黑下来。我一般是不喜欢在白天的时候上街的，我不知道该上哪儿去，只好在十里店瞎逛。

在邮局门前我遇见了我们附中的庄校长。她正急匆匆地迎面走来，一眼看到我，就用一种没来由的暴怒口吻训斥我道：

"你不在家学习，跑出来乱转什么！"

我吓得一愣，不知道怎么回答她。她却也没有要等我回答的意思，瞪了我一眼，就继续气急败坏地走她自己的路了。我远远地看着她的背影。她居然穿着一条裙子，露出的两截小腿出奇的细，它们穿着青灰色的袜子，与肥硕的身体很不成比例，让人担心她走着走着就会突然坍塌。

我继续在街上转，发现十里店的确是发生了一些变化，街道的店面好看了，路边停着不少小车。看来，郭有持的存在的确是破坏了十里店的经济发展，如今，他被抓走了，十里店就可以日新月异了吧？不知道为什么，我对十里店的新面貌也有些抵触情绪。我不想在街上转了，决定去电厂附小看看。上初中后，我一直没回去过，我想去看看唐宋。自从在唐宋那里吃过一次午饭后，我就对他产生了极大的好感。我在心里，对唐宋有种无端的亲近感。

可是，当我来到唐宋的门前时，却发生了意想不到的事情。我去敲他的门，敲了很久门才打开。唐宋开门的姿势很怪，他没有把门完全敞开，只是拉了条缝，把头探出来张望。看到是我，他似乎松了口气，但那条挤在门缝的受过伤的胳膊还是一阵抽搐。他问我：

"是郭卡啊，怎么是你呢？有事情吗？"

我却回答不出来了，我觉得自己的喉咙一下子被人捏住了。因为，我从那条门缝里看进去，发现了两条细得古怪的小腿。它们垂在床沿边，不同的只是，没有穿那种青灰色的袜子，腿面由于常年负重，静脉曲张，盘根错节。

　　我真是吃惊啊！纵使我善于虚构，耽于遐想，也是无法把庄校长和唐宋联系在一起的。他们一个是附中校长，一个是附小老师，一个丑陋，一个英俊，简直就是有着天壤之别啊！我被弄得神魂颠倒，只好扭头狂奔而去。我感到莫名的紧张，还有些冲动的愤恨。我觉得这世界真的是混乱，毫无美感，十里店这地方，也真是无法让人赞美，就像我妈说的，到处都是歪风邪气！

　　我上气不接下气地跑回家，王飞已经不在了。徐未一个人坐在椅子里发呆。

　　一进门，我就发现了异常。我认为，那块白纱被人展开过，虽然它现在是收缩住的，但是，它收缩的程度和我出门的时候不一样。我立刻联想到了刚刚在唐宋门缝里目睹的一幕，觉得自己在一瞬间要疯掉了。我站在原地一动不动，心中的激烈逐渐转化成为了茫然。

　　徐未似乎也陷入在和我相同的情绪中，她的目光是空洞的，愣愣地注视着某个地方，一言不发。我们两个人仿佛都凝固住了。黑夜已经降临。我家的小屋没有开灯。我突然觉得在黑暗中，我家狭小的屋子变得广阔起来，仿佛一片荒野，有肆虐的风在荒野中刮过。

　　若干年后，我总结出，我那时是产生了错觉。并不是我家的小屋变大了，而是我在无助中遽然觉出了自己的渺小，所以，世界才变得空旷与荒芜。

　　徐未突然又搂住了我，把我吓了一跳。我不知道她是什么时候摸到我身边的。她搂住我，语气坚定地说：

　　"我们一定要把你爸救出来！"

我下意识地问："怎么救呢?"

她却不说,只是又宣誓般地重复了一遍:

"我们一定要把你爸救出来!"

我就知道了,徐未并不是对我说话,她是在自言自语,是在给自己下命令,是在给自己指方向。她抱住我,实际上也是在抱住自己,她是在自己安慰自己,而我,只是一个道具。

事实也是如此。徐未在那一天做出了重要的决定,她要把郭有持从监狱里解放出来,甚至,不惜使用自己的身体。当然,她不惜使用自己的身体,并不是要去劫狱。她只能如切如磋,如琢如磨,将自己的身体变成一把钥匙,去开启监狱的大门。

我见证了徐未把自己变成一把钥匙的整个过程。

黑脸王飞已经接替了赵群的位置,成为了电厂的副厂长。不同的是,他基本上不在大喇叭里讲话,因为他是个结巴。王飞显然是尝到了煽风点火的甜头——他配合着郭有持逼走了赵群副厂长,如愿以偿地补上了那个空缺,如今郭有持被抓走了,他又来补郭有持的空缺。王飞频频出没在我家的小屋,有时候我放学回来,就看到他躺在我家的大床上。他在那张大床上躺得心安理得,躺得顺理成章,仿佛是躺在他家的床上一样。尽管他身上穿着衣服,但是他却是脱了鞋子的。他把两只光脚舒服地叠在一起,有时候还随着大喇叭里的旋律,一抖一抖地打着拍子。

本来,徐未还是蛮朴素的,她甚至都穿我妈留下的衣服。但是,成为钥匙后的徐未却变得妖艳起来。她经常穿一些奇装异服,对于她的那些穿法,王飞都表示反对,说:

"你你你,咋就穿得这么寒碜呢?"

徐未大笑起来,这个时候她还变得有些喜欢骂骂咧咧。所以,她回敬王飞道:

"你懂个屁，你到兰城去看看，比我这寒碜的多得是!"

徐未这样说是有根据的。因为这个时候十里店开起了第一家歌舞厅，专门从兰城招来了一帮小姐，在里面陪煤贩子唱歌跳舞。从兰城来的小姐，就像从兰城来的公安一样，也是个个不同凡响。有一次我在街上看到了一个，她居然只穿了一条很短的牛仔裤头，露出的两瓣屁股和雪白的大腿，令我都为之心动。之前除了学校开运动会，我是没见过女孩穿着裤头上街的，想必十里店的其他人也没见过。但是，我觉得徐未和这些兰城来的女人没有可比性。徐未已经快四十岁了，说实话，她有些胖，腰腿之间都有些多余的肉，过多地暴露，其实并不怎么美。

我一天天看着徐未在变。仿佛有一把巨大的锤子悬在了头顶，一天天地锤击下来，把徐未打造成一把钥匙的同时，把我也敲打得更加委靡。

可是，我很难对徐未憎恶起来。我依然对她迷恋。我知道，如果此刻徐未也像我妈一样地离开，那么，我就是一个标准的孤儿了。我将过着悲惨的生活，饿死在街头也不是完全没有可能。徐未即使再变，对我的态度却是始终如一的。她不但照顾着我的衣食，而且面对我时，依然有种愧疚之色。她常常回避和我对视，一旦发现我在看她，表情就会有些僵硬。我经常在她睡着后偷偷爬起来，站在她的床边，借着月光去看她。睡梦中的徐未，睡姿总是蜷缩着的。她丰满的身体缩紧后，让人有种无端的心痛，你可以把她想象成一只皮球，也可以把她想象成一只沉默的羔羊。徐未睡得深沉时，偶尔会流出口水，偶尔还会在吞咽口水时被意外地呛住。她咳嗽起来，表情痛苦，仿佛受到了莫大的伤害。我在月光下观察徐未，往往会泪流满面。

唐宋说了，我已经也不算很小了，有些事情，也该懂得了。

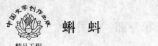
　　我依然喜欢在深夜的十里店街头游荡。尽管，十里店的夜晚已经变得明亮。但是，灯红酒绿的背面，总还有一些幽暗的去处可供徘徊。遗憾的是，我的滑轮车已经没有了用武之地。因为，十里店的街道也变得车水马龙了。即使在夜晚，那些拉煤的车也一辆接一辆地疾驶而过，浩浩荡荡地霸占了十里店仅有的几条马路。我如果不想被它们撞得鞋和脚分离，就不该踏上滑轮车去冒险。这不仅仅是我的选择，那些曾经在十里店街头踏着滑轮车飞翔的少年们，也自觉地放弃了这项游戏。

　　滑轮车在十里店销声匿迹了。

# 十六

徐未经常夜不归宿，在外面不知道陪什么人喝酒。

有时候她在清晨回来，我还没有起床。我在清冷灰白的晨曦中，看她跌坐在椅子里，或者瘫倒在地上。我从睡梦中刚刚醒来，木然地看着她，觉得只有在这个时候，在冷寂得似乎凝固的景象中，生活对于徐未的锤炼与锻造才完全彻底地呈现出来。

我们之间很少说话。想一想，我甚至从来没有称呼过她什么。我不知道叫她什么好，叫什么都会令我难堪。这种局面是郭有持造成的。对郭有持我都很少以爸爸相称，我尽量避免使用这个词，已经成为了习惯。所以，对于任何人，渐渐地，我都不会称呼了。今天来回忆这些，我仍然会悲伤难过。那段日子，我就是个无法对世界命名的少年，我只有对着整个世界咬紧牙关，闭上双唇。

唐宋调到了附中，居然又做起了我的语文老师。有些同学不太理解，认为唐宋没有资格来教中学，因为他的学历不够。至于唐宋究竟是个什么学历，他们也说不出来。我却不去纠缠什么"学历"问题，因为在我心里知道那个秘密。唐宋依然英俊憔悴，甚至更加英俊憔悴了。他总是进入到庄校长的办公室里去，并且一待就是很长时间。别人可能没有去留意，我却对此耿耿于怀。我有些替唐宋

蝌　蚪

抱不平，我觉得，从某种意义上讲，唐宋和徐未的境遇是相同的，他们都在被一把大锤改造着。

我格外关注唐宋的一举一动，心里面有一些难以启齿的动机在作祟。

有一次，我在放学后摸回了学校，悄悄地趴在庄校长的办公室门口偷听。里面的声音错综复杂，吱吱嘎嘎的，是那张破沙发发出的声音，哼哼唧唧的，是庄校长发出的声音。这两种声音是我所热衷的，它们带给一个少年幽暗的快慰。但是，突然间，我听到了另外一个声音，那是唐宋发出来的，他"啊"了一声。这一声意味深长，充满了喜悦与惊奇，给人的感觉是，那声音就是一株破土的小草，终于钻出了黑暗，于是阳光和雨露都普照下来。我却被这一声严重地刺痛了。我恶狠狠地踢了一脚门，然后才飞也似的逃跑了。门里的两个人显然不会对我造成威胁，吓破了胆的大概更应该是他们。但是我依然跑得疯狂，仿佛真的有魔鬼在身后追赶。唐宋的这一声"啊"，令我痛心疾首地认识到，也许，他并没有受到摧残，也许，他是在美妙地享受。那么徐未呢？或者也是享受着的吧？她穿奇装异服，整夜宿醉，不也是有滋有味的吗？奔驰着的我身不由己地抽起了自己的耳光。起初大概是不经意拂了自己一下，但其后便自发地抽打起来，一边跑一边抽，直抽得自己晕头转向，每一下似乎都能抽走我胸中的一口气，那种濒临绝境的窒息，几乎令我飞腾起来，让我找到了一种游戏般的快感。

第二天上课的时候我紧盯着讲台上的唐宋。我想和他对视住，用我的眼神向他发出疑问——你快乐吗？唐宋对此却毫不觉察。也许，他是在有意漠视。我们的眼睛即使碰在一起，他也会无动于衷，神态自若。他是在故意忽视着我的质询吗？看起来不像。唐宋忧郁羸弱，却不张皇失措。他也许认为不会有人知道他的秘密吧？但愿

80

如此!

可是好景不长，庄校长的男人很快就找到学校来了。

这个男人一脚踢开了我们教室的门，冲进来揪起唐宋的衣领，迎面就是一拳。唐宋正在给我们讲《变色龙》，猛然被人迎头痛击，一下子就没有反应过来。这个男人非常利索，他一转身，又把连胳膊都来不及习惯性抖索的唐宋背了起来，好像背了自家的麻袋要去赶火车，走出几步，他不耐烦了，一耸腰，把这口麻袋从头顶上扔了出去。唐宋太瘦了，被扔出去后，就像一片树叶。他飘啊飘的，摔在前排的一张课桌上，又从课桌上翻落在地。

我的同学们从震惊之中清醒过来，表现出了空前的团结，而且，还是几个女生冲在最前面。她们挺起自己的小胸脯，迎向这男人乘胜追击的拳脚。这时候闻讯而来的老师们冲了进来，七手八脚地架走了这个男人。紧接着，一声尖厉的号啕响彻云霄。不用说，那是发自庄校长壮硕的身体。

唐宋被打坏了，似乎是摔裂了腰部的某根骨头。还没有等到痊愈，他就离开了十里店。

无论如何，唐宋的离开对于我都是一件难过的事情。尽管我们之间没有过多的交情，但是，我的心里却对唐宋怀有眷恋。因为，在我的精神世界里，他是我的老师，代表着知识与文明，与荒蛮的十里店迥然不同。

唐宋走之前，我去看望了他。他在附中的宿舍也是那么狭小，与当年在附小时的毫无二致，甚至桌椅也依然是那样的桌椅，一张单人床，没人躺也凹进去一个人的身姿。所以，在我看来，唐宋不惜代价地从附小调进附中，实在是得不偿失。唐宋正在收拾行李。他看我的眼神有些奇怪，不知为什么，我觉得他对我有些误解。他是在怀疑我吗，认为是我泄露了他的秘密？这太冤枉我了。我差一

蝌　蚪

点脱口说出"不是我"。如果我真那样说了，只会把事情描得更黑。唐宋放下了手里的活儿，突然对我说：

"郭卡，我们上山去转转吧！"

我有些迟疑，不知道他是何居心，但还是服从地跟着他出了门。

那是一个星期天的早晨。十里店街头冷冷清清，还有一些未散的晨雾弥漫着。我们沉默不语，仿佛两个心怀鬼胎的人，匆匆穿过十里店，向不远的山脉走去。

十里店周围的山毫无特色，也毫无美感。它们光秃秃的，没有什么植物，有的只是林立的输电塔。唐宋率先在前面引路，他用一只手托着自己的腰，让我感觉，他一松手，那腰就会断掉；他的另一只手，垂挂在那条受过伤的胳膊上，神经质地些微抖索。

看来唐宋对他要去的地方非常熟悉。他逶迤曲折地爬着山，脚步很快，我跟在他后面，居然有些气喘吁吁。好在十里店的山并不险峻，也并不巍峨，我们很快就爬到了山顶。

唐宋站在山顶之上，手托着腰，目光眺望出去，那样子有些像一位伟人，尽管他形销骨立，弱不禁风。我被他严肃的态度感染了，也随着他一同眺望。我们在山顶上看到了什么？无非就是清晨的十里店。

从山顶俯瞰下去，十里店就是灰蒙蒙的，不但弥漫着晨雾，而且飘浮着烟尘，让人错误地感觉，这块世界不足挂齿的一隅，正在飞快地风化。电厂巨大的烟囱已经开始了工作，滚滚浓烟像几条挂在天边的河流，它们流淌着，在风中都经久不散。我们默默不语地眺望着十里店。这块地方，是我们生活和战斗的地方。这样一来，我就渐渐猜出了唐宋的目的。我想，他是要在临别之前，全面地审视一下十里店吧，然后，给它一个客观公正的评价。出乎我意料的是，唐宋最后做出的那个评价，却是关于郭有持的。

他站在清晨的山顶，面对着一览无余的十里店，仿佛是在对我说，又仿佛是在喃喃自语道：

　　"生活在这里，有时候就要像你爸爸那样，去做一把镰刀，用镰刀的姿态，去收割尊严。"

　　这是我迄今为止听到的第一个对郭有持的正面评价，它和我心里已经固定下来的观念发生了冲突。我仔细地体会这番话的含意。我想，这番话一定是发自唐宋的内心，他是在历经了屈辱与损伤后总结出的这番话。而且，他表达得又是如此郑重其事，专门爬上山来，像宣布一条真理般地说出了他的感悟。

　　若干年后，我成为了一名基督徒，让我委身于信仰之中的，最初便是《圣经》中那段著名的"登山宝训"。我们的主耶稣基督当年在山上教导门徒：

<br>

> 虚心的人有福了，
> 因为天国是他们的。
> 哀恸的人有福了，
> 因为他们必得安慰。
> 温柔的人有福了，
> 因为他们必承受地土。
> 饥渴慕义的人有福了，
> 因为他们必得饱足。
> 怜恤人的人有福了，
> 因为他们必蒙怜恤。
> 清心的人有福了，
> 因为他们必得见神。
> 使人和睦的人有福了，

因为他们必称为神的儿子。

为义受逼迫的人有福了，

因为天国是他们的。

人若因我辱骂你们，

逼迫你们，

捏造各样坏话毁谤你们，

你们就有福了。

应当欢喜快乐，

因为你们在天上的赏赐是大的。

在你们以前的先知，

人也是这样逼迫他们。

　　这番语录当然与唐宋的感悟截然相反。但慈悲的主知道我们的软弱，他自会为一切蒙冤遭辱的人辩屈。

　　还是在若干年后，我在大学里读到了一个意大利人写的小说，它是这样开头的：

　　　　古往今来一直有人生活在烟尘之外，有人甚至可以穿过烟云或在烟云中停留以后走出烟云，丝毫不受烟尘味道或煤炭粉尘的影响，保持原来的生活节奏，保持他们那不属于这个世界的样子。但重要的不是生活在烟尘之外，而是生活在烟尘之中。因为只有生活在烟尘之中，呼吸像今天早晨这种雾蒙蒙的空气，才能认识问题的实质，才有可能去解决问题。

　　这个开头令我感触良多，百读不厌。读到它，我不由得就会想到那天早晨站在山顶上的唐宋，想到灰蒙蒙的十里店。我想，那一天，每一个十里店人都生活在烟尘之中，呼吸像那天早晨那种雾蒙蒙的空气，但是不知道他们认识到问题的实质了吗？反正我是没有。我不能完全领会唐宋给我的临别赠言。我依然觉得，做一把镰刀，并不是件光荣的事。同时我也在想，我妈和唐宋，还有赵群副厂长和赵挥发，他们都离开了十里店，但愿他们离开烟尘后，依然保持不属于这个世界的样子。

# 十七

　　唐宋走了，不知道去往何方。我更加孤独了，对于徐未的情感也更加复杂。

　　徐未对郭有持展开的营救行动，进行到了一个新的阶段。她开始频繁地往返在十里店与兰城之间。我知道，徐未去兰城是找一些握有实权的人，他们的态度可以决定郭有持的命运。

　　而且，徐未每个月都要去监狱探望一趟郭有持。那地方可比兰城远多了，每去一趟都需要三四天时间。这样一来，我就经常是一个人待在家里了。我本来不是怕黑的孩子，但是徐未不在家的日子，每当夜晚来临，我就会极度恐惧。我缩在被窝里，不免就会这样去想：徐未也会离开十里店吗，步我妈和唐宋的后尘，一去不返，从我的眼前消失，去追求某种未知的幸福？这种想法当然会令我惶惑不安。我越想越怕，只好绞尽脑汁地去找理由，说服自己徐未并不会离开。我告诉自己，徐未在十里店生活得还是蛮不错的。她的工作相当轻松。以前是托了赵群的福，她在电厂是坐在办公室上班的。如今，她继续又托了王飞的福，依然坐在办公室上班，而且无故迟到矿工，也没有人会责难她。我想，这样令人羡慕的工作，大约除了在十里店，徐未是再也找不到了吧？这样的理由难免牵强附会，所以，我的恐惧只得到了有限的缓释。我依然是害怕着的，在焦虑中夜不能寐。

有一个周末，徐未又要去兰城，我终于鼓足勇气要求和她一起去。她居然答应了，让我欣喜若狂。

坐在长途汽车上，徐未很快就迷糊了过去。她歪头熟睡的样子令我无端地伤心。她新烫的头发像一缕缕旋转的波浪。她化了很浓艳的妆，眼影和唇膏的色彩强烈而夸张。在我看来，将近四十岁的徐未，此刻却像一个洋娃娃了。她鲜艳得有些颓废，有些凄凉，给人一种无辜的虚幻之美。尤其在汽车突然的一下颠簸中，她遽然惊醒时表现出的那份迷惘，更是让我心酸不已。她猛地张开眼睛，像个天外来客般地打量着陌生的世界。

我心中的柔软达到了极点。我差点就要求司机停车，把我，和这个洋娃娃，扔在公路上。

兰城离十里店只有一个多小时的路程，我们在傍晚就到达了。徐未带我在一家招待所住下后就出门办事去了。我依然是被一个人留在了夜晚里。陌生的环境更加放大了我的恐惧，这一夜我彻底没有合眼。我趴在房间的窗台上，注视着外面流光溢彩的街道。我在等待着徐未的归来。楼道里传来脚步声我就会飞奔着去开门，然后，又失望地重新趴回窗台。

半夜里我稍有困倦，刚刚打了个盹，有人敲响了房门。我欢喜地打开门，出现在眼前的是一个陌生女人。她太奇怪了，脸上仿佛戴了张面具，横看十六七，竖看四十六七，让人感到神秘莫测。一眼看到我，她也吃了一惊，也横看了一下我，又竖看了一下我，当她确信横看竖看的我都不过是个小屁孩后，就无声无息地快快走掉了。我受到了隐秘的刺激，困意顿消，突然就有些气息难定。

徐未是在拂晓时刻回来的。我从窗户里看到她从一辆出租车上下来，步履有些踉跄地迈上招待所的台阶。

她疲倦万分，脸上的妆全部没有了，这令她一下子显得衰老不堪。我感到不可思议，一夜之间，徐未就能从我眼中的洋娃娃变成了一个老太婆，也是横看竖看各不同，这是一件多么令人震惊的事啊！尽管容颜尽失，徐未的情绪却很欣慰，因为她觉得给我带来了好消息。她告诉我，郭有持已经离自由不远了，很快就会被转进一所监狱里的医院，然后，不用很久，我们就可以把他保释出来。

我不能理解，郭有持怎么会被送进医院呢，难道他在监狱里得了不治之症？如果真是那样，那么即使他被放了出来，也许就会迅速地死掉吧？这么复杂的事情，我是没有力气搞明白了。因为我一夜未眠，我很快就睡着了。

当我醒来的时候，发现徐未也在沉睡着。这时大约已经是中午了，明亮的光线从窗户照射进来，和煦地覆盖在我们身上。我睡得实在是太深沉了，即使醒过来，心神依旧宛如梦中。我恍惚嗅到了一股气味，热烈而甜蜜，似乎有种致人迷幻的魔力。我伸着鼻子去探究那股气味的来源，发现它来自徐未的腋窝。我们的房间里只有一张单人床。所以，和我挤在一起的徐未就不能独自蜷缩着睡了。

她只穿着一件贴身的背心，赤裸的胳膊圈在我的头顶。我向徐未的腋窝看去，身体立刻如遭电击。我看到了一簇蓬勃的腋毛，它们柔软纤细，迫在眉睫，在我的呼吸中水草般地微微拂动。而且，那些生长着腋毛的皱褶，纹路像迷宫一般地蛊惑人心。我的心狂跳起来，因为我的阴茎突然变得坚硬如铁。这个变化令我无限混乱。我首先害怕它也被徐未察觉。我的一条腿压在她的肚子上，我们紧贴在一起，她察觉出来也是完全有可能的。但我又无力自拔，那种空前的兴奋令我失去了自制的能力。我既羞愧难当，又沉溺其中。我大气都不敢出，一动不动地躺在那里，整个人如同一支拉在弦上的箭，僵硬，紧张，一触即发。这种状态一直保持到徐未醒来。她果然是察觉了。我感到她的身体突然绷直了一下，然后轻轻地挪开了。

我只有紧闭双眼，装作酣睡的样子翻身趴在了床上。我把我的脸深深地埋下去，鼻子都快要压平掉了。我的眼泪像一池的水，被我的眼皮紧紧地关在里面。它们不能被释放，就从鼻腔倒流进嘴里，那苦涩的滋味呛得我咳嗽起来。

徐未的情绪好像很好。我们起来后出去吃了饭，然后，她就带着我在兰城闲逛起来。在一家规模巨大的商场里，徐未给自己买了一双小羊皮做的红色高跟鞋，穿在脚上还一再征求我的意见：

"好不好？好不好？"

我看不出好坏，我也是主观的人——这鞋穿在徐未脚上当然就是好的，穿在庄校长脚上当然就是不好的。接着，徐未给我买了件咖啡色的条绒外套。我其实并不喜欢这件外套，因为它做成了西装的样子。我从来没有穿过西装，觉得它翻出去的领子非常讨厌，让我里面黄旧的衣领暴露无遗。但是徐未要求我立刻穿在身上。我不敢违背她的意愿，因为我依然陷入在惶惶不安之中。令我不解的是，同样的外套徐未竟然买了两件。她是什么意思呢？答案很快就有了。

从商场里出来，我们打了一辆车。徐未上车后告诉司机：

"去兰城电力技校。"

我恍然大悟了。那另外的一件外套，徐未原来是打算送给赵挥发呀。

到达目的地后，徐未让我等在车里，她只身走进了兰城电力技校的大门。我坐在车里向外观望。有许多学生从那道门里进进出出，他们打打闹闹的，心情好得令人嫉妒。我突然就想起了我妈。我妈就是从这里毕业的，上学期间，想必她也是这么快乐的吧，发发小牢骚，使使小性子。可是命运无常，她哪里能料到，自己后来会遭遇郭有持，人生的步伐会穿越一次十里店的烟尘。兰城电力技校毕业的学生，有很大一部分会被分配到十里店吧？那么，我眼前这些无忧无虑的青年男女们，他们的命运就是令人堪忧的了！我甚至有些同情他们，嫉妒之情随之烟消云散。

　　我正在想入非非，徐未突然跑了出来。她从那些年轻人的身边挤过去，脸上挂着泪水，年龄与表情都和他们截然相反。我一眼就看到了，那件咖啡色的外套依然抱在她的怀里。显然，徐未是被拒绝了，她并没有把这件外套送出去。赵挥发是她的儿子，她给自己的儿子买外套，这是天经地义的事。但是，那对父子拒绝这件外套，也是天经地义的事啊。

# 十八

我一下子拥有了两件咖啡色的条绒外套。回到十里店后，这两件外套就是我的主要行头了。我不喜欢它们，但是徐未对它们寄托了额外的情感。我不忍徐未失望，只好经常把它们轮番穿在身上。它们和十里店的趣味格格不入。穿上它们，在十里店人眼里，我多少就有些油头粉面的意思。不想，我的这副打扮居然给我带来了人生的第一封情书。

那天中午放学的时候，突然有一个穿着肥腿军裤的女生走到我面前。她不由分说地塞给了我一封信，然后掉头就走了。她留着很短的头发，如果不是屁股很大，那背影简直就像个男的。我回不过神来，直到她消失在我视线里，才低头去拆那封信。

这当然是一封情书，它堪称言简意赅的典范，和塞进我手里时一样的不由分说：

> 郭卡你好！
>
> 我们做朋友吧！
>
> （你身上的外套真好看，它让你显得很帅！）
>
> 暗恋你的李鸣鸣

蝌 蚪

　　我想起这个女生是谁了。她就是李响部长的女儿，我们都是电厂附中的初三学生，但并不在同一个班。这个李鸣鸣可是我们学校的一个人物，就像当年的赵挥发一样活跃。这也难怪，她也有一个呼风唤雨的爹，在学校里难免就会表现突出。

　　我收到了第一封情书，心情当然有些激动。只是，这个李鸣鸣实在是不能令我喜欢，她长得太难看了，即使在正面看，也只有屁股部分像一个女生。我不知道怎么应付这件事情才好，在路上左思右想，最后决定告诉徐未，让她来给我拿主意。这个决定令我兴奋。我有种炫耀的热情。我想看看徐未在得知我被女生追求后，会是怎样的一种态度。

　　我走到电厂生活区门口时，正好和徐未撞个正着。她也正往家走，见到我就兴奋地说：

　　"卡子，你爸已经住到监狱医院了，他不久就会回来了！"

　　徐未的兴奋明显大于我的兴奋。她拉着我的手，手心里攥着一把激动的汗。我只有打消了自己的念头，没兴趣让她分享我的第一封情书了。即使我把那封情书交给她看，她恐怕也不会太在意。她全部的注意力，都集中在郭有持即将归来的这个前景上了。

　　回到家里，徐未就开始打扫起卫生来。她干得非常卖力，连床下都不放过，给我的感觉是，好像郭有持一会儿就要光临了，所以，她迫不及待地想让我们这个小屋焕然一新，以此迎接郭有持。徐未从那张大床下扫出一卷奖状，她蹲着就地铺展，当即就欢呼了一声：

　　"看哪！全是你爸的！"

　　郭有持居然会得奖状？我将信将疑。但是我趴上去一看，那些奖状却真是属于郭有持的。它们授予郭有持"先进工作者"、"劳动模范"、"新长征突击手"等等梦幻般的荣誉，落款的年代统统都比我的年龄大。这太令我吃惊了——莫非，在我没有来到这个世界之前，郭有持是另外的一个人，积极向上，恪尽职守，就像早晨八九点种的太阳，光明而又健康？

尽管证据摆在眼前，尽管我有那种把平庸现实美化成神话的癖好，我也依然是不能完全相信，我问徐未：

"这都是真的吗？"

"当然是！"

徐未的语气不容置疑。

她蹲在那堆神迹一般的奖状前，就像那个夜晚，她蹲在那把菜刀的面前一样，仿佛一个对着地上的蚂蚁心驰神往的儿童，然后，不知被怎样的情感拨动了心弦，她开始向我追忆：那时候郭有持的确是奋发图强的，吃苦耐劳，兢兢业业，是一个优秀的青年司炉工。他的转变和爱情有关，那时他和徐未热恋着，不料半路杀出个情敌来。这个情敌利用手中的职权，对郭有持进行了各种令人发指地迫害。

"赵群真的是狠，大事小事找你爸的碴儿，"徐未幽怨地说，"他完全是无中生有，就是想尽办法地欺负你爸，你爸那么一个要面子的男人，心里会多痛苦！"

最终，徐未却嫁给了赵群。这个结局对于郭有持的打击该有多大，我是可以想象的。将一个优秀的青年司炉工改造成了一把镰刀，你说那打击的力度该有多猛烈残酷？徐未在当年背弃了郭有持，她在考验面前，没有表现出坚贞不渝，这显然是对郭有持的一个巨大亏欠。这样看来，徐未如今把自己变成一把钥匙，就是在对郭有持忏悔和补偿了。这真是令人唏嘘的一对。这爱情也真是令人惆怅的爱情，它将两个好端端的人改变了模样，一个成了镰刀，一个成了钥匙。

蝌　蚪

　　我从郭有持的往事中得到了启发。我明白了，爱情，有时候会是一件无比凶险的事情。所以，第二天李鸣鸣再一次站在我面前时，我就有力地回绝了她。

　　李鸣鸣依旧在中午放学的时候拦住了我，肥腿军裤的裤管挽起来，一只高一只低。

　　她说："你好！"

　　我说："你好！"

　　她伸出一只手，半天我才搞明白，她是在向我索要回信呢。李鸣鸣觉得，有来有往，这没什么可含糊的。我却令她失望了。

　　我说："对不起，我不能和你做朋友。"

　　李鸣鸣显然是吃惊非小，我都走出几十米了，她才像一阵风似的追上来。她几乎是趴在我的耳边向我恐吓道：

　　"你等着！"

　　然后，她就跑掉了，肥腿军裤呼扇呼扇，那跑着的姿势，就像一个野小子。

　　我没怎么把李鸣鸣的恐吓放在心上。我是郭镰刀的儿子，从小到大，在十里店就没受过威胁，所以，内心里就没有这方面的负担。不料李鸣鸣却是说到做到。当天下午，我就被几个小子堵在了放学的路上。李鸣鸣长相粗俗，却有本事调动起这些流氓少年的积极性，她使用了什么手段呢？

　　我被他们截住，心里面依然很平静。但是我的平静很快就被打破了。他们揪住了我的头发，把我拽得低下头去，然后用脚踢我的脸。我被打倒了，他们又没头没脑地乱踹了我一通，然后才呼啸着跑掉了。我被打蒙了，在地上躺了很久才爬起来。周围站着一圈人，他们对我指指点点地说，郭镰刀的儿子！郭镰刀的儿子！我听出来了，他们挺喜悦的。我知道我的样子很狼狈，脸一定是肿了。我觉得我的眼球向外突着，似乎要掉出来一样。我身上的咖啡色外套也破了，一条领子被扯开了线，耷拉下去。我觉得令我心如刀割的，并不是我受伤的脸，更不是扯烂了的外套，是一种空前的屈辱，它爬上了我的胸口，像一团毒气，狠狠地憋住了我，几乎令我窒息。

我跑回家去。我的样子当然吓坏了徐未。当得知我是被人殴打了后，徐未的反应居然是从厨房里拎出了菜刀！我吓坏了，急忙拦在门口，将门死死地顶在身后。幸好徐未行凶的决心不是那么坚定，在我的反对之下她很快就放弃了。她把菜刀扔在地上，蹲下去，哭了起来。徐未边哭边说：

"卡子，你爸回来了就没人敢欺负你了！"

这句话令我伤心欲绝。我刚刚被殴打过，蒙受了具体的羞辱。平生第一次，我的心里开始思念郭有持了。于是，郭有持能够早日归来，也成为了我的一个憧憬。

我开始和徐未共同期待着。我所期待的，除了一个父亲，大约还有一份不受威胁的尊严。

# 十九

在我们的共同期待中，郭有持在来年的春天终于回来了。

郭有持被判了十年的有期徒刑，通过徐未不懈的努力，他只在监狱里待了四年多的时间，就提前回到了十里店。

黑脸王飞找了辆车将他接了回来。那辆车停在我家门口，郭有持被人从车上抬了下来。他那样子，的确是病入膏肓的一个样子，瘦得只剩下了一把骨头，脸色蜡黄，气若游丝。他看到了我，向我抖索着挤眉弄眼。我想，他大约的确是力不从心了，否则，我们久别重逢，他一定会把自己的鬼脸冲我做得更风生水起一些。我心里有些激动。他被安顿在床上后，我身不由己地过去牵住了他的一只手。我觉得那只手冰凉光滑，并且轻如鸿毛，可以被我轻而易举地抛上天空。

我真的以为郭有持得了不治之症，不料，在家修养了一个多月后他就康复了。我这才知道，他那副病容完全是刻意制造出来的，那也是一种不正当的手段。郭有持硬是在监狱里把自己饿到了死亡的边缘，与徐未里应外合着，顺利地保外就医了。

徐未用自己身体这把钥匙，成功地替郭有持打开了自由之门，孰料，自己却咣当一声，被关在了一个铁笼子里。我特别关注他们之间的关系，我发现徐未的处境令人堪忧。

康复后的郭有持饭量惊人。他在阳光明媚的春天里整天阴着脸，手里似乎总是捧着碗。他在不断地补充食物，那架势，让人觉得他是在默默地发奋图强，仿佛就是一把正在磨着的镰刀。我有时甚至能从他的身上看到一圈金属的冷光。我家屋里的那块白纱，郭有持回来后并没有展开过。即使在郭有持恢复了体力后，它依然在夜里纹丝不动。而且，郭有持几乎不跟徐未说话，偶尔说几句，也是阴阳怪气的。比如，徐未做好了饭，并且为他准备了酒，他却翻着眼睛说：

"你是想把我灌醉吧？"

徐未垂着头说："你啥意思呀？"

郭有持回答得举重若轻，他认为自己无须多说。郭有持说：

"啥意思你会清楚的。"

果然，郭有持很快就把这个意思表达了出来。初夏的时候，郭有持终于和王飞摊牌了。这几乎就是必然的。十里店的人都在等待着这一幕。连我的心里都有种隐约的期待，我也对王飞躺在我家大床上用光脚打拍子的情景耿耿于怀。如果郭有持可以对这种事情忽略不计，那他就不是一把镰刀了。

郭有持和王飞摊牌的结果是，王飞从此以后说话更加结巴了。他的舌头变短了，成为了一条残缺的舌头。当时的情形没有人看到，但十里店不是个善于保密的地方，各种版本的传说，将这两个人当时的对峙渲染得无比精彩。其中比较可信的一个版本是这样的：

郭有持在山顶上把菜刀塞给了王飞。

王飞强调自己也是做出了许多贡献，使了很大的劲，才将郭有持从监狱里弄出来。

郭有持并不领情，说王飞还可以使劲再把他贡献进监狱里去。

郭有持又说了，正是因为王飞对他还算有恩，他才网开一面，让王飞自己用菜刀看着办。这是郭有持惯用的伎俩，在行动之前，往往先把菜刀塞在别人手里，他敢于先摆出一个挨刀者的架势。

王飞是和郭有持一样的人，他们使用着一套共同的语言。王飞明白，不对这件事做个交代，郭有持必定会阴魂不散地纠缠住他。王飞也是个狠角色，也是个敢于拿自己开刀的人，他最后一次用自己完整的舌头说道：

"老郭，从从从此，咱俩这交交交情，就算完了！"

说完王飞就用菜刀剁下了自己的一截舌头。

十里店的人总结出，王飞选择拿自己的舌头下手，是基于这样的衡量：反正它本来就不利索，短就短吧，无所谓。

这个事件带给徐未的刺激可想而知。徐未当然不会心疼王飞的舌头，我想，令徐未茫然的是，她将如何与一把镰刀共度今后的苍茫岁月。因为，我都为此而茫然。

徐未不惜将自己变成一把钥匙，是在偿还多年前对郭有持的背叛，结果，郭有持将她的付出又当做了一次新的背叛。我当然替徐未不平。我觉得郭有持这把镰刀实在是太霸道，在它的利刃下，世界似乎都应该是被惩罚的，它总是挥舞出去，或者高悬在天上，咄咄逼人地向着世界讨还它的公道。那么世界的公道呢，难道那不是一种更加恢弘的存在吗？

我还是个少年，但是世界在我面前已经暴露出了它的破绽，这怎能不让我迷惘？

我很替徐未难过。她常常发呆，目光迷离，神情恍惚，横看竖看都不再年轻。有时候我甚至想去劝劝她，鼓励她像我妈一样离开郭有持，像唐宋一样离开庄校长。如果她愿意，我甚至甘愿陪着她一起去流浪——这是我能够做到的最大声援了。我岂敢去正面袭击郭有持，我根本没有那个胆量。我只能眼睁睁地看着徐未憔悴。

我们的这个家成为了沉默之地，每个人的舌头都仿佛被菜刀剌掉了。徐未有苦难言，她只能呆呆地让语言跑到虚无的最远处。郭有持也紧闭双唇，他只把暴肆的话语噎在喉头，秣马厉兵，随时准备着直接转化成暴虐的行动。

沉默漫长而孤绝。

我预感到了，终究有一天噩梦就会出现。但它会是一种怎样的面貌，我却没有勇气去设想。我为此忧心忡忡。我觉得我的担忧和盛夏的酷暑，共同作用在了我的身体上，它们令我焦灼，令我僵硬。我的身体在那一年的夏天里变得骚动不安。它似乎被注入了某种气体，让我觉得自己既轻盈、又肿胀，似乎可以飘浮起来，似乎又随时会爆炸——这不就是一只气球的状态吗？可是，我更觉得自己像只铅球。

那天夜里，我铅球般的身体以为黑夜就是它的庇护，一切淹没在黑暗里，它就在我的睡梦当中亢奋起来。这个梦让我挥汗如雨，让我坚硬如铁。但那是一个怎样的梦，我永远不会说出来。这时灯突然间亮了。谁知道那会儿郭有持爬起来做什么，总之，他一眼看到了我身体的状态。

我的裤衩被顶成了一座小塔。我想，那一定是超乎寻常地高耸着吧，要不，怎么能勾起郭有持如此盎然的兴致？郭有持嘿嘿嘿地笑了。他的快乐像喷泉一样地冒了出来。他居然响亮地叫着徐未：

"你来看你来看，咱卡子翘得多高！"

我被灯光和郭有持的叫声唤醒，它们都是锐利的，共同划破了黑暗，将我暴露在迷乱的光亮之中。

我的大脑一片空白，我不知道将自己掩盖起来，依然那样直挺挺地翘着。但是恐惧来临得迅猛急促，只有瞬间的工夫，我就感到

蝌 蚪

了绝望。我仿佛一头被猎枪逼在了悬崖边的小兽，死亡的阴影骤然扼紧了我的咽喉。我把自己缩起来，目光惊恐地看着郭有持。但他并不罢休。我不知道是什么魔鬼在作祟，令那天夜里的郭有持如此兴奋。难道目睹了我的勃起，就足以令他欣喜若狂吗？郭有持厚颜无耻地对徐未说：

"要不，你给咱卡子帮个忙？"

徐未已经从床上坐了起来，她抿着嘴，用手捋捋头发，沉默不语。

郭有持无趣地哼道：

"你净给别人帮忙了，给自己人倒舍不得。"

徐未笑了一下。我看到她若有所思地歪了下头，嘴角荡漾起一个微笑。接着，徐未一言不发地起来关了灯，然后又一言不发地躺下了。从始至终，徐未在那一夜都没有吐出一个字。她只是把黑夜还给了我，给予了我最纯粹的安慰与保护。我在黑暗里泪流满面，内心的愤怒与悲伤都几近疯狂。

今天想起来，我依然不能够原谅自己，依然唾弃自己放纵的睡梦。我不能不去这样想：如果不是我的裤衩在那个夜晚耸成了小塔，徐未也许就会熬过最初的伤心，逐渐变得麻木，变得坚强，也许还会做出新的选择，像我妈一样，像唐宋一样，在受到损害后，逃离十里店，去寻求新的希望。但是，我翘起的阴茎将现实的泡影扎破了。那一夜，徐未躺在黑暗里，是否也和我一样感到了安全和抚慰？黑暗是否在给予了她安全和抚慰的同时，也启发和诱惑了她？

第二天中午放学，我走在路上，发现前面的人突然都跑起来。

一股不祥的预感立刻涌上我的心头。我也跑起来，当我跑到那个现场时，面前已经是水泄不通了。人们在围观十里店历史上最惨烈的一次车祸。我挤不进去，就想换一个地方试试。当我绕到另一个方向时，遽然看到了那只小羊皮做的红色高跟鞋。它孤零零地立在马路的正中央。它离开了主人的脚，却依然没有躺倒，而是端端正正地站在那儿，仿佛随时会摇曳着离开。我的眼泪迅速地爬满了脸颊。我认出来了，这只鞋，是徐未的。我也知道，当人的鞋和脚分离了，那人，就已经是死透了。

徐未将她的死亡准备得相当充分，仿佛抱了必死之心。她用一条尼龙绳把自己捆绑在了那辆滑轮车上。四只旋转良好的滚轴为她的死亡加速。好像为了确保万无一失，徐未用那根尼龙绳将自己和滑轮车固定得无比牢固。人们解都解不开她打下的死结，只好用刀子将尼龙绳割开。

如今回想徐未的死，我觉得，她如此琐碎地准备着赴死，其实是一种犹豫不决的表现吧？表面上，她好像害怕自己会临阵脱逃，所以才采取了破釜沉舟的做法，把自己和轮子捆在了一起，让自己没有退缩的余地——其实不过是延宕那个时刻的到来。也许，当她认认真真捆绑自己的时候，已经忘记了初衷，被这种束缚的过程迷惑了。我想，她也许只是赌了一口气，只是这口气赌得太激烈了。她如此行事，只是因为沾染上了十里店那种草率、不严肃、大而化之的风气。十里店从来不是一个深思熟虑的地方，常年充斥着一种游戏般的果敢气氛，人的行动往往不计后果。这种风气之下的徐未，即使将自己捆来缠去，也终究没有摆脱和轮子绑在一起的孤注一掷的命运。

有人看到徐未坐在路边捆自己。她起初只想把脚和那辆滑轮车捆在一起。但她根本站不稳，一站上去就东摇西晃。好不容易踩实了，弯腰结绳，就又趔趄下去了。试了几次都不成功，最后终于想出了办法，干脆坐在滑轮车上。这下好了。她可以没有困难地缠绕自己了，从胯部开始，密密匝匝地一直捆到脚踝。那条尼龙绳实在是太长了。看到这一切的人，首先判断出徐未是童心大起，在尝试着驾驭十里店少年们的那种玩物。但看着看着，就觉得不大对劲。然而没人上去问一声：哎，你这是在做什么？没人问的，因为大家都知道，这是郭镰刀的女人。而郭镰刀的女人，行为乖张，又有什么可奇怪的呢？谁也不会去找事，自讨苦吃。

有人就看着徐未绑定在那辆滑轮车上，屁股一挪一挪地从路边移上了路面，甫一上路，根本就来不及转念，便从十里店最大的那个坡上冲下去，飞翔般地迎向了一辆奋力爬坡的大卡车。她卷在了车轮下。滑轮车固定着她，让她的姿态如同熟睡过去一样地蜷缩着。你可以把她想象成一只皮球，也可以把她想象成一只沉默的羔羊。

徐未死了，郭有持当夜在梦中被鬼剃了头，第二天起来，头发东一块西一块地脱落。那些斑秃之处颇有规律地散布在他的头顶上，让他的头看起来像一只足球。这只足球晃动在我的眼前，令我萌生出拔脚怒射的愿望。我想踢它，把它踢得远远的，直到消失在我的视野里。但这显然是不可能实现的。不要说去踢郭有持的头，即使对他怒目而视，我都没有足够的勇气。我所能做的，依然只有想象。

我在想象中令自己成为了一个心狠手辣的人，同时也成为了一个光明磊落的人，我将一柄正义的剑插在山顶之上，于是凌乱的山巅围着它有序地排列，所有的人都将匍匐在井然的秩序下，忏悔或者坦白自己的罪恶……

在十里店生活的最后那段日子，我陷入在遐想与臆造之中，整个世界于是都退后了，变得更加与我无关。因此，今天我几乎回忆不出徐未死后还有什么激烈的事情发生。

郭有持不久后也开起了一家歌舞厅。我认为他过得还不错。他喜欢在午后，搬一把竹椅坐在自己歌舞厅的门口闭着眼睛晒太阳。这成为了十里店街头的一道风景，他坐在那里，一颗鬼剃头让他看上去浮云一般苍老，但又实实在在的年富力强。他像一个符号或者标记，提醒着人们，十里店依然是有着它自己的规矩。

也许坐在阳光里的郭有持也是沉痛的，但我宁可以为他是在安静地享受温暖。我在内心里，拒绝承认他会为徐未的死而内疚。我把悼念徐未当做了一个权利，而这份权利，是应当由我来独享的。

# 二十

两年后，我考上了兰城大学。这当然算是个好消息，我觉得自己终于可以离开十里店了。我没有辜负我妈的教导，即使耽于幻想，也从没忘记学习学习再学习，所以，我成为了十里店若干年来唯一考上大学的人。

我去学校领录取通知书，一进校门就受到了夹道欢迎。庄校长率领着全体教师将通知书颁发给我，那架势，就像这份光荣是她赐予我的，并不是我自己努力的结果。

回去的路上，我遇到了一个人。我们已经擦肩而过了，她又转过头叫住了我。

"哎呀！"她叫了一声说，"这不是郭卡吗！"

我打量着她，想了一会儿，才认出我眼前的这个女孩居然是李鸣鸣。李鸣鸣已经辍学了，而且，成为十里店街头的一个无业女青年后，她变得漂亮了起来。李鸣鸣穿件蔚蓝色的无袖背心，胸脯高高地隆着，这样就平衡了她曾经过分丰满的屁股，让她的身材起伏有致了。所以，我一下子没有认出她。她显然最初也没有认出我，否则我们也不会擦肩而过。这个时候，我已经没有咖啡色的条绒外套可穿了。我长到了一米八，身上穿的是郭有持的旧衣服。而且我苍白瘦弱，唇边还冒出了一圈黑黑的髭毛，那副样子，连我自己都觉得反感。

李鸣鸣的确是有些惊讶，也许，在她眼里我应该永远是穿着咖啡色条绒外套的样子吧？她说：

"大才子，听说你考上大学了！"

我不置可否地嗯了一声。

她说："还是你牛×！我是没看走眼，咱十里店就数你有出息，其他人都是些傻×！"

我没精打采地说：

"我也是个傻×。"

听我这么谦虚，李鸣鸣笑逐颜开。显然她觉得我把自己也划归在傻×的范畴里，是一个令她安慰的态度。她于是邀请我，要和我找个地方聊聊天。我当然没有兴趣。她曾经让人殴打过我，我在心理上自然是耿耿于怀的。我说我要回家去，我得准备一下行李。她却不依不饶，拽住我的胳膊，拉拉扯扯地说：

"走走走，行李啥时候不能收拾呀！你又能有多少行李呀！我们去喝些酒，我请客，给你庆祝一下！"

喝些酒这个提议打动了我。我也认为自己需要举行一个仪式，用以与十里店告别。而喝一些酒，是我唯一可以想出的一个方式。

于是我答应了她，我说：

"好，谢谢你！"

她说："谢谢屁！"

我们先进了一家饭馆。大约我们的容貌依然显得稚嫩，所以这家饭馆的服务员对我们招待得便不足够热情，总把注意力集中在其他客人身上，难免就冷落了我们。我无所谓，李鸣鸣却不干了。我们要的菜姗姗来迟，这令李鸣鸣勃然大怒了。她拽起我说：

"不吃了，我们另换一家！"

这时候我们已经吃掉了一盘猪肝，并且已经打开了两瓶啤酒，服务员当然要求我们结了账再走。李鸣鸣却不干，她说：

"结个屁！你们菜上得像小脚老太婆，还好意思来收我的钱？"

服务员脸色一变，向着李鸣鸣跨出一步，那意思就是要动手的架势。李鸣鸣一指身边的我，威胁人家道：

"咷！你知道他是谁？他是郭镰刀的儿子！"

这句话真是管用，"郭镰刀"三个字就像是一记重拳，凌空蹈虚，令那个服务员闻之动容。她后退了一步，狐疑地看着我。

李鸣鸣扭头走了，甩下一句：

"要钱，找郭镰刀去！"

我尾随着她出去，心里多少有些不安，直到我们在另一家饭馆坐下后，才长出了一口气。

我说："人家不会追过来吧？"

李鸣鸣说："不会，谁会往你老子的菜刀上送？"

我觉得她说得有道理，心里才踏实下来。这家饭馆人很少，所以菜上得就像飞毛腿一样，一会儿工夫，就摆满了我们的桌子。李鸣鸣有些凯旋的得意，她抓起一瓶啤酒说：

"来来来，我们吹了它！"

我从来没有喝过酒，不懂得喝酒的方式，她那么要求，我就照着去做了。我觉得啤酒并不怎么好喝，但也不觉得有多么难以下咽。正是这种感觉欺骗了我，我连续和李鸣鸣喝光了三瓶啤酒。然后我就觉得肚子胀了，人也忽然有些伤感。我就要离开十里店了，这应当是我的梦想和渴望吧，至少，这也是我妈对我的期待。但此时我却被三瓶啤酒完全浇灭了心中的快乐。我有着无端的忧伤。我并不知道前面的道路究竟会怎样，但毫无根据，我就觉得那也不会是令人神往的。

酒精在本质上是令人空虚的，这就是我第一次喝醉后领悟到的真理。

我抓起酒瓶，跟李呜呜碰，咣的一声，啤酒的泡沫溅了我们一脸。

我这才发现，李呜呜居然是趴在我怀里的。她的头枕在我的腿上，正仰脸看着我，那些白色的啤酒沫挂在她脸上，就有一种很刺激人的意味。我很晕，身子也有些坐不住，头向下栽着，却与李呜呜的脸不期而遇了。她一下子迎向了我，两片嘴唇湿漉漉地贴在我脸上。她开始用舌头舔我的脸，一直搜索到我的嘴边，然后突然将舌头抵进了我的嘴。这让我大吃一惊。这种方式对于我简直是晴天霹雳的事。她的舌头像一把捅进我嘴里的匕首，我忽的一下向后仰倒。我想站起来，不料却被李呜呜紧紧地抱住了腰。她用手钩住我的脖子说：

"我还给你写过情书呢！直到现在，我还爱着你！"

她提到了往事。往事对于她，是那封情书，对于我，却是那顿殴打了。所以我更加不肯就范了。我用手抵在她胸前。她的胸真的是柔软啊，让我觉得自己是在抵抗着一堆虚无之物。我觉得自己很无力，不是在抵挡，顶多是在揉捏了。而她的力量却越来越大，仿佛一床厚重的被子兜头包裹住了我。

正在纠缠之际，突然有人在身后大喝了一声：

"卡子！"

我不用抬头就知道发出这大喝一声的是谁。不错，是郭有持。除了他还会有谁呢？我考上了大学，对于郭有持也是天大的喜讯，他的兴奋远远超过我的兴奋。他在家等着我捧回那张录取通知书呢，不料我一去不归，居然和一个女孩钻进了饭馆里。

郭有持找到了我，对于我的状况一定也是吃惊非小。他上来协助我摆脱李呜呜的束缚。我感到了，郭有持在掰李呜呜钩在我脖子上的手。

汗津津的李呜呜钻出头抗议道：

"谁谁谁？把手松了！"

郭有持当然不会松手，他一把将李呜呜揪了起来。李呜呜大约是被弄疼了，咝咝地吸着冷气。看清对方后，李呜呜叫起来：

"郭叔！是郭叔呀！你不认识我啦？你在我家打过牌呀，我是小呜呜！"

我看出来，听到李呜呜的自我介绍后，郭有持的眼睛里有了一种特别的光。他那一刻的眼光，就是猎人捕捉到目标后的眼光吧。我突然想起了当年，郭有持被便衣公安从那间小屋押出时的样子，他身体的形状完全成为了一把镰刀，那是被李响部长出卖后的结果。我借着酒胆，昏沉沉地想，如果现在郭有持要用菜刀去劈李呜呜，我是决心要和他拼了的。我对李呜呜并无好感，但是我不愿意她在我的面前也被人用刀将脸分成两半。

孰料，郭有持却嘿嘿嘿地笑了，他说：

"是小呜呜啊，认识认识，郭叔当然认识你。"

李呜呜受到了鼓舞。

"我正给郭卡庆祝呢，"她整理一下自己的小背心，说，"郭叔你也一起喝吧！"

郭有持立刻落座了。他先自己仰头喝下一瓶啤酒，然后招呼李呜呜，他说：

"你也多喝点嘛！多喝点多喝点！"

李呜呜来劲了。她好像要给郭有持表现一番，毫不客气地也干下去一瓶。我被晾在了一边，成为了一个观众。而我实在是对他们之间的表演毫无兴趣，于是我就摇摇晃晃地离开了。我觉得自己的心里有些冷。我的离开，也可以被视作一种姿态、一种立场，这是一种悲悯与憎恶的奇妙混合物。我在酒精的作用下，决心对整个十里店掉头而去。

黑夜已经来临。我酒意微醺，最后一次在夜晚的十里店街头游荡。如果这时候，再有一个人，一边走，一边抽着自己耳光地向我走来，我一定是无动于衷的。我一直这么闲逛着，在这块巴掌大的地方上来回往复。有些歌舞厅的小姐站在路边拉客，她们赤裸的白腿在夜晚里分外耀眼，像一根根发光的荧光灯管。十里店的夜色已不再漆黑。这就是文明的前夜吗？我不知道。

当我回到我家的小屋时，看到那块白纱果然是拉开了。

我小心翼翼地摸上自己的小床，安静地趴在上面。我再一次摸到了那把土枪，它一直压在我的枕头下面。我摸到它了，觉得它蛇头虎尾的样子依然很可爱，也很可怜。

这一晚我彻夜未眠。我有一些期盼，我等待着，有一个身影再一次从那张大床上摸下来。我想看看，这一次，将是什么东西成为月光下的一个禁忌，成为道路上的障碍与光明中的阴霾，阻挡住逃遁者踟蹰的脚步。

可是我失望了，除了清冷的月光，我什么也没有看到。我在等待中决定，明天我就离开十里店，去学校报到。

第二天清晨，我听到了李鸣鸣在那块白纱后发出的声音，她像是在嘤嘤地哭。她抽抽搭搭地说：

"弄个屁！"

# 第二部

## 兰城

# 二十一

　　整个大学时期，我的性情都是有些卑下的，人也依然孤独。十里店的岁月给我造成了伤害，令我不能舒展成一派阳光明媚的样子。

　　我在大学里没有谈过一次恋爱。不是我不渴望，实际上我非常渴望。一次，我在图书馆看书，坐在我对面的一个女生大约是热了，动手脱自己的外套，胳膊举着，我抬眼就看到了她的腋毛，黑黑的一簇，像一丛蓬勃的水草。我立刻就有了反应，下面坚硬如铁。其实这女生长得实在是一般，脸上坑坑洼洼的，全是青春痘遗留下的疤痕。但是那簇腋毛，就足以令我把她视为天仙。我夹起书往外走，那种曲折的欲望强烈到令我委屈的地步。我只有逃开。我一边走一边用书遮挡住自己的裤裆，心里难过无比。

　　有一段时间，我完全被那簇腋毛纠结住了。即使在午睡的时候，我都会臆想着它自慰。久而久之，我就虚弱不堪了，时常有幻觉，面前的每个女人，似乎都是举起胳膊的，露出的腋毛，也都是葳蕤的，它们散发出热烈的体香。那种体香我并不陌生，我曾经在徐未的身上嗅到过。

　　我整天恍恍惚惚的，陷入在对于女人错误的判断里不能自拔——我以为所有的女人腋下都有一簇丰茂的毛发，如果不加修剪，没准会长到像她们的头发一样结成辫子。在我眼里，女人们的腋窝，就是一切奥秘的策源地。这不应该算是病态吧？毋宁说是一个颟顸青年急于丰富自己的知识，而还有什么知识，比起女人，对一个颟顸青年的知识宝库更重要呢？

直到大学毕业后，我分配在了兰城电视台，并且不久就做上了编导，这个错误的认识才得以修正。

我负责的那档栏目，叫"人间春色"，内容直接和女人有关，是指导女人如何梳妆打扮的，其中有一期，就是介绍夏天女人该如何剃除腋毛。我这才知道，原来女人们的腋毛也是因人而异的，有的稀疏，有的浓密，再怎么放任，也不会长成辫子。这实在不算是一个有价值的常识，但是，却令我豁然开朗了，对自慰这样的事情，兴趣大减。

在"人间春色"里上镜的都是些美丽的女人，这就让我真的有阅尽人间春色的感觉。逐渐地，这种感觉就熏陶了我，让我自信起来，可以松弛地去探索女人的奥秘。我以变本加厉的态度接连谈了几个女朋友。她们个个热情似火，很快就补偿了我对于女人身体的无知。

我读了四年的大学，毕业后在电视台阅尽人间春色，加起来已经忽忽七年。七年来我没有回过一次十里店，尽管回去一趟只需要一个多小时的路程。

郭有持也没来看过我。这一点也不奇怪，他如果来看我，那才是令人吃惊的事。我都不能想象，郭有持会像其他的爸爸一样，提着大包小包，风尘仆仆地出现在我面前。

有一次，我在学校的门口看到一个人，身材和郭有持如出一辙，精瘦精瘦的，衣冠楚楚，手里提着一个大尼龙网兜，兴高采烈地往学校里走。我不免就有些心跳加速，一直尾随着他。我跟着他，一直走到我们学校的理科宿舍区，然后看到一个毛茸茸的，像个猴子似的男同学飞奔着出来，一头扎进他的怀里。两行热泪，从我的眼睛里滚出来。我感到羞耻，分外痛恨这两行泪水，也痛恨自己的尾随。我想我原来居然会盼望郭有持来看我啊，这多可耻。这样一想，我就非常庆幸郭有持从不来看我了。如果他真的来了，我又控制不住自己，也像一只猴子似的扎进他怀里，或者流出多情的泪水，那该是何等的奇耻大辱啊。

郭有持不来看我，只是在每个月准时给我寄来些钱。那个时候，邮局的汇款单还是用手写的。我捧着写有郭有持字迹的汇款单，每次都会禁不住笑起来。当然，郭有持的字写得非常可笑，我怀疑这些字，是被郭有持用菜刀加工出来的。他总是把"郭"字写得高大无比，把"卡"字写得渺小无比，笔画刀砍斧劈，这就让我的名字显得嶙峋，也非常可笑。但这并不是我笑出来的原因。我笑，是心里有种恶毒的快乐，觉得自己在剥削郭有持，用他的血汗钱养尊处优。后来想想，这种想法当然是幼稚的。首先，那些钱绝对不会是郭有持的血汗钱，他弄钱，绝对不会像个民工似的，需要付出血与汗的代价。其次，我也没有养尊处优。我是那么刻苦，放假都待在学校，冬练三九，夏练三伏，把身体都熬到虚弱。但我毫不动摇，非但不去放松自己，不去像其他同学一样地花天酒地，反而日以继夜地扑到读书与学习上。不如此，我也不会在毕业的时候，以优异的成绩被热门的电视台挑去。我是记取了我妈的教导了，我妈对我说了：

"你得学习学习再学习，那样，你才能跑出去，离开十里店。"

当我在兰城的电视台站稳了脚跟，并且也走出了对于女人想入非非的巅顶期后，有一段时间状态良好。我所在的电视台，基本上是个温文尔雅的地方，虽然大家也开一些玩笑，说一些黄色段子，但总体上还是一个被良好的教养控制着的场所。日子久了，我逐渐地养成了很多的好习惯，比如不随地吐痰，在一些场合抽烟，会主动征求一下身边女人们的意见，澡是一定要天天洗的，袜子也要天天换，有时，还会给自己喷些香水等等。这些作风，几乎让我以为自己已经如我妈所愿，通过努力，成功地摆脱十里店了。

可是，在我身心安静的时候，却有种巨大的空虚。偶尔，甚至有些惶惶不可终日。我的背后，是十里店，是郭有持，他们从来没有被我从心里成功地根除掉，就像有一笔巨大的债务，我还没有去追讨，一天没把往事摆平，一天我就不会获得真正的安宁。

我开始着手准备。我准备回到十里店去，和郭有持算一算我们之间的账。

这个念头一旦产生，就令我异乎寻常地兴奋。我认识到：原来我发奋读书，千辛万苦地把自己塑造成一个兰城人的模样，其实根本上就源于那一个动力，那就是，用一种文明的、非菜刀的方式，去战胜野蛮与荒芜。

我已经是个成年的男人了，高高大大的，甚至可以用魁梧来形容。我却从来没有考虑过用体格去挫败郭有持。因为，那是郭有持的风格，即使我能一脚把郭有持踢得飞出去，那也不会是我的胜利。我和我妈，我们不遗余力地想要脱离的，是十里店，更是十里店那种畜生一样的黑暗逻辑。所以，我该用怎样的方式重归故里，对于我，就是个问题。

如果我回去，身边就需要带着一个女人。我认为，带着一个女人的男人，才会是有力的。而这个女人，她应该与郭有持经验中的那些女人迥异其趣。她不但应该具备天然之美，还应当集诸多文明美德于一身。她应该是充满诱惑力的，同时又能够在气度上令郭有持自惭形秽。可是，到哪儿去找这样一个女人呢？

我说过，电视台这份工作令我阅尽人间春色，但是，一旦我用上述的标准去衡量，却发现，这样的人儿，还真得众里寻她千百度。我着实想了一番，把与自己有关的几个女人梳理了一遍，想到了小白。

小白是我上一个女朋友，在市工商银行工作，典型的白领女青年。我觉得，小白是我经验中最接近那个高标准的女人了。小白发育得很充分，身材不高，就显得玲珑有致，长相不化妆的时候也十分顺眼。重要的是，小白有种严肃的风度，穿着灰蓝色的西装裙（那是银行的制服），就有种别样的威严。

我就去找小白。我打电话到工商银行，对方告诉我小白在休假。我又翻出小白的手机号码，打过去，却是一个男人接的。

"什么小白？老子是小黑！"

这个男人还挺幽默。我这才想起来，我跟小白分手已经半年有余，一分手，双方就都很潇洒，彼此再无瓜葛。大约小白是换了手机号了。想到我与小白已经是劳燕分飞这种状况，我心里就有些没底儿了。毕竟，当初是我提出的分手。

但我还是打听到了小白的家。我用了"打听"，是因为我的确不知道小白家在哪儿。我按揭买了套房子，每一次，我们都是在我的住处共度良宵的。小白家住在兰城的北面，需要穿越铁道才能到达。我坐在出租车里经过那几条铁轨时，心里就有些吃惊。我想，小白家原来在道北啊。"道北"就是铁道以北，兰城人简称了，就叫道北。我吃惊，是因为道北在兰城的语言里就是贫民窟的代名词。等我在道北找到小白家时，就更加地吃惊了。那时候已经是暮色四合，我走过那些杂乱无章的巷道，走过那些晾晒着的花花绿绿的衣服，来到了小白家的门前。

我敲门，没人应声。门虚掩着，我就推门进去了。一个老头或者老太太睡在张黝黑黝黑的床上，把头从被窝里探出来问我找谁。我说，我找小白。老头或者老太太说，找小白啊，小白出去玩啦。我说，那算了，我改天来吧。说完我就往外走。老头或者老太太却在身后叫我，说，你叫啥呀？你还没告诉我你叫啥，小白回来了，我好告诉她是谁来找她了。我本来是想胡乱编造一个名字的，但是我一回头看到那张脸，就决定做个诚实的人了。

那房子不知道有多少年了，房顶上还有一块透光瓦，一缕夕阳的光从那里投射进来，正好照在一个老头或者老太太热情洋溢的脸上。你说，我还能胡编乱造吗？

我说："我叫小黑。"

出了小白家，我就知道自己此行是徒劳的了。住在道北的小白，是不可能成为我的武器和战友的，她配合不了我，她也是泥泞里成长起来的孩子。

# 二十二

后来我遇到了马斯丽。起初我以为找到了那个可以和我一同杀回十里店的人，结果却大相径庭。

马斯丽是兰城歌舞团的舞蹈演员，人长得漂亮至极，有些俄罗斯血统，五官都长得很大气，品性上却很猥琐。

我和马斯丽在一次饭局上认识。当时不知怎么就聊到了俄罗斯文学，马斯丽当着一桌子的人，用俄语，轻声朗诵出了普希金的著名诗篇《我曾经爱过你》。现在想，马斯丽当然是在卖弄，一个高鼻子的美女，居然会凝视着鹦鹉般的大眼睛背诵普希金，居然用的还是俄语，那种惊艳的效果，可想而知。大家一瞬间都安静了。我也不例外，对马斯丽喜爱不已，于是，也生了卖弄之心。

普希金的这首诗我是不陌生的。虽然我在大学里谁也没爱上过，但是，这首诗的情绪却曾经深刻地感染过我。我曾经在清晨，在黄昏，在操场上，在被窝里，无限忧伤，无限低回地在心里默念：

……

我曾经默默无语地、毫无指望地爱过你，
我既忍受着羞怯，又忍受着嫉妒的折磨。

……

那种含蓄之美、文明之美，总是能令我怦然心动。我会因此想到徐未，想到一些难以言喻的激越往事。这首诗最打动我的，是它那种无与伦比的教养的力量，它强调的是在爱情面前的隐忍和顺从，而不是暴力和菜刀，所以，理论联系着实际，就格外地能打动我。

那天，当马斯丽卖弄成功后，我便紧随其后用中文将这首诗背诵了一遍。这就有了现场翻译的效果，大家对我也立刻刮目相看，报以由衷的掌声。我不免得意，更加确定了，文明与野蛮，哪一个更能赢得荣誉，更值得追随，就如同诗歌之于菜刀，普希金之于郭有持，孰优孰劣，简直是一目了然。

我和马斯丽一唱一和，琴瑟和谐，至此开始了一段恋情。

结果是，很快我们就分手了。

最后一次，我们去风景绮秀的黄山旅游，从山上下来，在宾馆一起冲澡时，我发现马斯丽的手腕上多出了两根手链。我不由大吃一惊。我仔细回忆了一下，这两根手链，不是马斯丽买来的，它应该是被马斯丽偷来的。

在山上的时候，我们转了转卖旅游纪念品的小摊，都是些假冒伪劣产品，其中就有这样的手链，不过串着些花里胡哨的玻璃珠子。我想起来，有那么一个瞬间，马斯丽拽着我急匆匆地离开了一个摊位。那个摊位的主人，是个半大的孩子，大约是被家长临时派来守摊的，结果却被马斯丽趁机偷袭了。这个发现令我如鲠在喉，我觉得马斯丽玷污了风景绮秀的黄山，也玷污了我的爱情。她偷来的那两根手链实在是不值一文，但是，正是这低级的偷窃，令我无法容忍。一个漂亮的女人，在那一瞬间居然抵挡不住些微的诱惑，悍然实施不正当的手段，这简直是和郭有持之流没有区别的。

把马斯丽和郭有持联系在了一起，这说明，我和她之间的确是该完蛋了。

从黄山回来我就和马斯丽分手了。

多奇怪，我们开始于一首普希金的诗歌，却终止于两根假冒伪劣的手链。

这个时候，大约马斯丽对我也已经忍无可忍了。老实说，我也不是一个令人满意的伴侣，胡思乱想，神头鬼脑，我知道自己有多古怪。所以，大家手分得很温和。一温和，就保持住了基本的朋友关系，有时候彼此会通一下电话，不时还会约在一起出去玩。

结果坏就坏在这里。做那期有关女人与首饰的节目时，我毫无先见之明地请了马斯丽来做嘉宾。当时我觉得，马斯丽的形象还是好的，血统羼杂，因而具有一种矫饰之美，非常适合这期节目的要求。为做这期节目，我特地联系了一家珠宝商做赞助，因此，在节目中难免就要替人家做些广告。结果是，珠宝商提供了价值五万多块的一条项链，挂在马斯丽的脖子上，下面用字幕滚动打出珠宝品牌的名字。那条项链我是看不出好在哪里的，我想，马斯丽也未必看得出。可是我忽略了，马斯丽对两根地摊上的手链都能够伸出罪恶之手，她岂能在这条项链面前坐怀不乱？

节目录完后，现场乱哄哄的，我忙着在几台摄像机前浏览画面效果。当我回过头去找马斯丽要那条项链时，戏剧性的一幕出现了。马斯丽披着她的羽绒服，化过妆的脸异常夺目，她肩膀一耸：

"项链？不是给你了吗？"

我一愣，也认为是自己忙晕头了，就去摸自己的口袋。摸着摸着，我就不摸了。我基本上知道是怎么回事儿了，可谓茅塞顿开。

我说："开什么玩笑，嗯？"

"哪儿开玩笑了。"

蝌　蚪

马斯丽镇定自若，甚至对我有些不屑一顾的意思。

我不说话，似笑非笑地看住她。她也不说话，也似笑非笑地看住我。这样对视了足足有三分钟，搞得其他人都有些莫名其妙，好奇地张望我们。他们大约以为，我是在和马斯丽含情脉脉地相互凝视呢。

毕竟做贼心虚，马斯丽先绷不住了。她抓住羽绒服的下摆向两边打开，原地回旋了一周，意思是，不信，你搜我呀。因为上节目，马斯丽在冬天穿了一条缀着亮片的白色连衣裙，她一回旋，裙摆就闪闪烁烁地缠绕到我的腿上。那姿态实在是优美，马斯丽舞蹈演员的专业回旋，也实在是婀娜多姿，令我暂时忘记了严峻的现实。

我真的是个耽于幻想的家伙，小时候，我幻想自己是烈火焚身时刻的邱少云，是饱含激情的大文豪老舍；大学的时候，我幻想自己是在俄罗斯大地上吟唱着的普希金，是对女人腋毛深入研究的性学大师；现在，在马斯丽裙摆闪烁的缠绕之下，我又把自己幻想成了舞台上热泪盈眶的罗密欧。

当我陷于孤独的幻想中时，马斯丽成功地逃离了现场。我都不知道她是多会儿潜逃的，等我回过神来时，空旷的节目间已经人去楼空。所有的灯光都熄灭了，只留下一盏，端端正正地对着我，就像被人刻意瞄准了一样。

# 二十三

　　我把马斯丽约出来，坐在窗明几净的"西堤岛"，一边喝着咖啡，一边和颜悦色地说：

　　"不要再闹了，好吧？快些把那条项链还我，那又不是我的，我得还人家，是吧？"

　　马斯丽的表情就是一副听不懂的样子，头偏着，双唇微启，眉毛一高一低。她就像是面对着一个外国人，而这个外国人，刚刚对她叽叽歪歪讲了通外语。我还不觉醒，对马斯丽抱有一丝残存的希望。我不厌其烦地帮她把整件事情又梳理了一遍，像是对着一个患了失忆症的病人。而她，也真的是配合，脸上的表情越发白痴。她的这副白痴相，让我又犯了耽于幻想的老毛病。

　　天马行空，我把自己幻想成一个白衣天使了：我面对着的，是一个不幸的患者。她的脸，因为疑惑而扭曲了；她的双手摊开在桌面上，却不能言语，持续地不能言语；在我认为自己已经极尽苦口婆心之能事后，她还是不能言语。

　　这样的局面是令人无能为力的，是令人空虚绝望的。我也真的是感到了空虚绝望，在温暖如春的咖啡店里，我突然感到了寒冷。像歌词里唱的，在六月的夏天，我的心在下雪。

蝌　蚪

我坐在马斯丽的对面，缩紧了我的身体。

还是马斯丽赶走了我心里的寒雪。她以无比同情的口气说：

"郭卡啊，你怎么胡言乱语呀？我们是分手了，但大家还是好朋友，你何必用这样的方式纠缠呢？你这样，只能让我厌烦你呀，你知道不，我是最讨厌纠缠不休的男人的，对这样的男人，我是惟恐避之不及的！"

我振作精神，对马斯丽说：

"好的，跟你说不通，我就不说了，我会让你乖乖交出那条项链的！"

我说得色厉内荏。因为，对我而言，可以不用说的方式去索回那条项链，实在是力所难逮。我拿什么方式去打动马斯丽？韬光养晦地再和她谈一次恋爱吗？我还没傻到这种地步，马斯丽不得寸进尺才怪呢！马斯丽会说，那好呀，郭卡，这条项链就算是我们重归于好的礼物了！那么，我拿什么方式去恐吓马斯丽？除了在语言上凶恶一些，难道我真的会以赵群副厂长为榜样，也雇用几个亡命之徒，用枪去打爆马斯丽的肚皮？

马斯丽也不以我的恐吓为然。她站起来，把自己的那杯咖啡像饮酒似的一饮而尽，然后雄赳赳气昂昂地走了。

我所能做的，只有让自己暂时忘记这件麻烦事。可是，就算我能遗忘，那个珠宝商也不会遗忘呀。他算是有耐心的，半个多月过去了都没向我提这事。可是，人的耐心毕竟是有限度的，何况人家真理在握，有借有还，那还有什么好说的。珠宝商终于给我打电话了：

"郭导啊，那条项链该还我了吧？有顾客看上了，要买呢。"

我不免支支吾吾。我又不是马斯丽，我又装不出一副失忆症患者的白痴相。而且，我也没跟珠宝商谈过恋爱，即使装得出，怕也

124

是无效。搪塞过去珠宝商，我马上又把电话打给马斯丽。我说：

"马斯丽，好歹我们也相爱过一场，你这么做，太不讲究了吧？陷我以何地呢？不就是条项链吗，值得你这样？"

我提到了"相爱"，似乎就有了些转机。结果是，马斯丽沉吟了片刻，在电话那头说：

"不要说我没拿那条项链，就是拿了，郭卡啊，我们好歹也相爱过一场，值得你这么没完没了地挂在嘴上？你这么做讲究吗？不就是条项链吗，送给我又如何？"

这番话说得我无地自容。我不是为了自己的"不讲究"而羞愧，是觉得自己对马斯丽依然心存幻想，实在是可耻。挂了电话，我双眼望天，两滴眼泪不禁潸然而下。我当然不会是在为那条项链落泪，我还不至于这么"不讲究"。为什么我的眼里常含泪水？除了当年赵挥发那一棒子给我造成的后遗症之外，令我无端悲伤的，是那种无时无刻不在的孤独，它从来就蛰伏在我的心里，伺机荼毒着我的生活。

我继续逃避。我关了手机，办公室的电话有来电显示，一看到是珠宝商打来的我就拒接。有一天我从电视台出来，迎面遇到了我们的台长。台长笑呵呵地从我身边过去，突然想起什么，又把我叫住，依旧笑呵呵地说：

"小郭，快把人家的东西还了去，又不是社会新闻频道的，怎么也学着吃拿卡要呀？"

我们台长挺好的，人很和蔼，说话有些没谱。要不他也不会总是笑呵呵，也不会说什么"社会新闻频道"——社会新闻频道怎么了？就可以吃拿卡要呀？面对这样一位领导的吩咐，我再也没有逃避的可能了，不去落实，谁知道他还会再笑呵呵地说出什么更没谱的话？而且，这件事情已经反馈到了台领导的耳朵里，显然再逃避

下去，也就只能是自欺欺人了。

我只有自己凑足了五万多块钱亲自给珠宝商送去。我说：

"抱歉啊，那条项链不知怎么就找不到了，不翼而飞了，喏，只有赔你。"

我以为珠宝商会推辞一下，然后合理地给我些面子，打个八折什么的。这样，我大约就可以省下一万多块。我当然不会觉得我就因此沾了光，在这件事情上，我哪儿还谈得上沾什么光呢？孰料，珠宝商根本就没推辞，更没有给我打八折。他不动声色地收下了那沓钱。我有一瞬间感到非常的无力，两条腿软绵绵的。我不是为了没省下那一万多块而瘫软，我是被一个真相沉重地打击了。我恍然大悟到，原来，我并没有什么"面子"可言啊！我还以为我有呢，在兰城的电视台混了几年，我以为自己多少也算个角色了呢，起码能让人给我打个八折什么的，谁知，全是自以为是。我们是在一家茶楼见面的，我支撑着自己站起来，和珠宝商握手告别，然后去结了账。珠宝商跟我抢，说：

"我来我来，郭导你也太不给面子啦……"

我说："给屁！"

我从茶楼里出来，觉得迎面而来的风都是浩浩荡荡的。我真的是被打击了。我在兰城站稳脚跟，好不容易建立起来的一些自尊呀骄傲呀，都萎缩下去。要知道，我是多么渴望尊严，一种不是用菜刀树立起来的尊严，对我是多么的重要。我会因此获得安慰，觉得自己逐渐地和郭有持拉开了距离，在逐渐地有力，哪怕让自己因此付上略显轻浮与做作的代价。孰料，一个没有打下来的八折就粉碎了我的美梦，让我明白了，自己不过是个沐猴而冠的家伙。

你在街上遇到过这样的人吗？他走得犹犹豫豫，走得一派茫然，在微不足道的风里不断地打着趔趄。那就一定是一个如我一样，刚

刚获得了真相的人。我钻进了一家酒吧，开口就要了一打的啤酒。啤酒们整齐划一地站在我面前时，我有些惊讶。我基本上不是个没有分寸感的人，纵情畅饮这种事情基本上和我无关。我都有心退缩了，可是，一想到要了酒却不喝，就会有颜面尽失的危险，我就只能打消了念头。我觉得，酒吧里的服务生都在充满期待地看着我呢。那就喝了吧！一打啤酒喝下去，会是什么状况呢？

结果是，我出了酒吧，就直奔市歌舞团而去。

我突然充满了暴力的倾向，强烈地渴望去揍马斯丽一顿。这对我而言，真的是开天辟地头一次。我控制不了自己。马斯丽让我损失的不只是五万多块钱，她直接导致了我在人性面前的再一次颤栗。污浊、龌龊、羞愧难当，我用一打的啤酒都洗涤不去，那种滋味复杂到难以言喻，我不揍她一顿，简直就过不去。

可是，当我站在马斯丽面前时，我却不知道该怎么下手了。

马斯丽也想不到，我会一身酒气地从天而降，出现在她的宿舍里。她正半躺在床上和人聊天，看到我，就"呀"了一声。

我说："马斯丽你呀屁！"

她坐了起来，说：

"郭卡，你想干什么？"

她这么问，说明她看出来我是想要干些什么的。我瞪着眼睛，热血沸腾，那样子，谁都是可以看出些苗头的。

我说："干屁！"

她说："郭卡！"

我说："郭卡屁！"

我一步步向马斯丽逼近，逼近了又怎样？谁知道？先逼近了再说。当我一步步逼近了马斯丽，甚至已经从她因为混血而异常美丽的那张脸上看到了恐惧时，突然一个人挡在了我的面前。

　　这就是和马斯丽正在聊天的那个人。她也是一个姑娘，这个姑娘突然插了进来，像当年那把菜刀阻挡住徐未一样，阻挡住了我。

　　我看到了，她冷漠地看着我。她的睫毛是那么的密、那么的长，以至于成为了重量，使眼皮在开合之间都如同慢镜头一样地缓慢。

　　她冷漠地看着我，那种优雅的力量，感人至深！所达到的力度，绝不亚于月光下一把清丽的菜刀！

　　我在一瞬间瘫倒在地。有什么东西从我身体里呼啸而去，又有什么东西在我身体里呼啸而来。我有种山重水复的喜悦和悲伤。我倒下去，触地的刹那，看到的是一双踩在拖鞋里的白玉般的脚。

　　这个姑娘，就是我的庞安。

# 二十四

　　我的庞安。我总是不由自主地这样称呼她——我的庞安。即使在她还与我毫无关系的时候，我就已经在心里面这样称呼她了。就像郭有持，说起十里店，喜欢说成"咱十里店"，有种土财主的味道。那意思就是，这儿，是属于我的。郭有持说"咱十里店"，在我听来是很滑稽的，所以我知道，我说"我的庞安"，多少也是滑稽的。可是我又发现，信仰者们说起自己的主时，也会说成"我的上帝"！这样一想，我就能够心安理得地呼唤庞安了，我呼唤她——我的庞安！

　　庞安之于我，真的是有着神奇的力量。我喝得酒气冲天，从郭有持那里一脉相承下来的劣根性就混合着酒精暴露无遗。我成了一个粗鄙的人，一个幻想以暴力行事的人。我冲进马斯丽的宿舍，幻想着把她打个半死：揪她头发，一缕一缕地揪下来，从窗子丢出去，扔在风里；打她耳光，声音响亮，让她的脸，真的像一个白痴似的扭曲起来……我甚至已经给自己找到了理由：我要为黄山上那个丢失了廉价手链的孩子伸张正义，他多可怜，半大的时候就不去读书，被家长派去守摊，一个不留神，却被马斯丽顺手牵羊了，他会因此受到训斥，甚至体罚，关起来三天不给饭吃，也不是完全没有可能。

如此缤纷的幻想，几乎就要促成我对马斯丽的暴力审判了。但是，我的庞安从天而降，带着于我而言神圣不可侵犯的姿态，带着光，让我匍匐下去。除了瘫倒在她白玉的脚下，我别无他途。

庞安也是市歌舞团的舞蹈演员。她和马斯丽是同事，我却从未有幸知晓。那天夜里，当我第一次见到庞安时，却是一身落寞，衣衫不整，像个从街边蹿出来打劫的小瘪三。事后想一想，我觉得这也是冥冥注定的事。我来自十里店，来自郭有持，即使已经培养出了些活色生香的好习惯，可是一旦摆在庞安眼前，就注定会原形毕露。我只能把自己坦率地暴露给庞安。你不坦率，你就不会得拯救啊。

我倒下去，在一瞬间神志恍惚。

结果是，庞安协同着马斯丽把我送回了家。马斯丽一个人是把我弄不回去的，她受到了惊吓，突然变得娇弱，手无缚鸡之力似的。而且她也许真是害怕了，不敢只身前往，所以她就拉上了庞安。这对我实在是一种恩赐，仿佛神的光突然降临在头上。一路上，我的神志时而清晰，时而模糊。我下意识地就往庞安的怀里去钻。我即使神志模糊，也可以准确地分辨出庞安的方向。她们架着我坐进出租车，一左一右，一样的芬芳，一样的绵软。但是，我就是可以甄别出，哪一个是圣洁的庞安，哪一个是邪恶的马斯丽。用一个练气功的朋友的话说，她们之间的气场是不一样的，一个是清凉的，在上升，一个却是溽热的，在下沉。

我的头枕在庞安的肩上，头顶蹭着她的脖子。我从她的肩膀上感觉得到，她坐姿端庄，仪态万方。那不是一种刻意的正襟危坐，她是松弛的，是天经地义地就该这么坐。我肩膀压在她的胸前，那种饱满的结实感不诱发我任何的欲望。我只是依偎着，在神志清晰与模糊的任何一刻，都只是一丝不苟地依偎着。庞安给予我的那种百感交集的安慰之感，说毫无根据也毫无根据，说宿命也就真的是宿命了。或者这与酒精不无关系，我喝多了，喝多了的人，逻辑混乱，神神鬼鬼，也没什么不可思议。但是，我宁愿相信，这都是命中注定。

我在第二天清晨苏醒。有一瞬间，我忘记了自己昨晚的行径。我静静地躺在自己的床上，清晨的光，透过窗帘不动声色地普照着我。

两行热泪从我的眼角流出来。我突然感到很痛苦，嘴里全是酸涩的滋味。我去摸我的手机，发现自己是脱掉了衣服的，被很妥善地安置在被窝里。我就知道了，把我妥善安置了的，绝对不会是马斯丽。以前我也偶尔喝多过，进到自己家，从来都是一身肮脏地扑倒在床上。即使马斯丽在，她也绝对不会耐心地对付我这个醉汉。她会由着我倒下去，由着我把鞋底在床上蹭来蹭去，即使天当被地当床也是无所谓的。有一次，我也真的是席地而眠了一夜，醒来时，看到马斯丽周周正正地睡在床上，那滋味，实在是有些凄楚。所以，我知道，是另一个人在昨夜亲人般无微不至地照料了我。我发现我的衣服也被很整齐地搭在椅背上，而且，床边的矮柜上还有一杯体贴入微的水。我从衣服里摸出了手机，打给马斯丽。

马斯丽说："郭卡，你醒啦？"

声音有些讨好的意思。

我嗯一声，居然对马斯丽道歉了：

"马斯丽，昨晚吓到你了吧？对不起啊。"

"没关系没关系，"马斯丽也一下子客气起来，"我们哪儿用说什么对不起呀。"

"要说的！"

我很顽固，坚持不懈地要把道歉进行到底。

蝌 蚪

我说："我太不应该了，居然跑到你宿舍里耍酒疯呢！"

"也没什么关系吧，我宿舍又不是中南海，你来耍耍酒疯，也不是很严重的事情。"马斯丽松弛下来了，就有些撒娇的意思说，"不过，你昨晚真的是挺吓人哪，我以为你要当着庞安的面让我下不来台哪！"

庞安——于是我就得到了这个美丽的名字。

我说："对不起啊，我当然不会当着庞安（庞安！）的面让你下不来台，但是，我还是要对昨晚的事情向你道歉！"

我不动声色地说出了庞安的名字，仿佛对于这个名字我是毫不陌生的。这两个字的发音从我的嘴里回旋一周，真的让我感觉到了薄荷一般的清凉，觉得瞬间涤荡了口腔里那种宿醉后的苦涩。然后，我话锋一转：

"马斯丽，我把那条项链的钱给人家了，你留着吧，算是我送你的啦。想一想也是，毕竟我们相爱一场，不送你些值得纪念的东西，也实在是说不过去。"

马斯丽沉默了。她当然会比较难办，这个结果出乎她的预料了吧？也许，她还会在一瞬间被感动。我听到她在手机的那端意味复杂地嘘了口气，像叹息，像呻吟，如释重负，又沉重不堪。

马斯丽精神涣散，我趁机说：

"这样吧，我们一起出去玩玩吧，打球唱歌什么的，你想玩什么都好，总之，我们不该弄得像仇人似的，去玩玩吧——把庞安也叫上，我当她面向你道歉，让她明白，我是不会当着人的面让你下不来台的，哈哈哈哈。"

把庞安也叫上，这就是我的目的了。我爽朗地笑着，心里却很虚。我想，如果这也被马斯丽识破，被她言辞刻薄地否定掉，我就真的会仇恨马斯丽的。

"好呀好呀！就把庞安也叫上，你就当她面给我道歉好了！你要挽回我的名誉呀！"

马斯丽没心没肺的，让我对她的态度都有所转变了，觉得她也没有那么混蛋。

我们约好了晚上一起吃饭，然后去KTV唱歌——把庞安也叫上。

挂掉手机，我并没有从床上爬起来。我呆呆地躺着，看着窗帘上繁复的花纹，仔细感受着自己睡在被子里的滋味。我想，我的这个待遇，是庞安赐予我的。我喝了一口放在矮柜上的水。我想，我这口清凉的水，也是庞安赐予我的。

我的庞安，我在心里面第一次这么称呼道，我的庞安。

# 二十五

马斯丽和我谈恋爱期间，对于庞安首口如瓶，可见她还是很有心计的。她一定认识到了，把庞安推荐给自己的男友，会是个引狼入室的局面。如今，马斯丽和我只差没有兵戎相见了，她就可以放心地带上庞安来和我一起玩了。

我们约在一家名叫"向天歌"的餐厅吃烧鹅。我先到的，惴惴不安地坐着等她们。窗外是隆冬的兰城，枯枝败叶的景致让人一阵心酸。她们终于到了，从出租车里下来。庞安穿了件白色的羽绒大衣，头发绾在脑后，冰清玉洁的样子，让隆冬的街道骤然一亮。马斯丽呢？马斯丽穿什么衣服我当然是看不到的，她似乎穿的就是件隐身服吧，即使站在我眼皮下，我也会视若无睹。

一顿饭吃得了无生机。我由于太过紧张，根本没办法把心思花在烧鹅身上。我的心思都在庞安身上。我就像个欲火攻心的色鬼一样，而且还不是那种光明磊落的色鬼，我的眼睛总是游移不定地去偷窥坐在对面的庞安。我偷窥着庞安，觉得她吃饭的样子都那么可圈可点。她在剔除鹅肉中的一根小骨头，洁白的牙齿露出一点，分寸极好地完成着任务，那根骨头，徐徐地，被她用舌头抵出了嘴唇。我看得专注，唇齿之间都不由得配合起来，感同身受地体会着那块

134

鹅肉，以及那根骨头，是如何在庞安的口腔里骨肉分离。庞安也因为陌生的缘故，除了刚见面那会儿含笑和我握了下手，就再也没有露出过笑容。我对她说昨天晚上失礼了啊，抱歉抱歉！她也只是点一下头，表示听到了，表示没关系，表示要我不用这么在意，可就是不表示她对我有兴趣。我觉得庞安的神态一直有些不可捉摸，有些若有所思，她的表情总是飘忽不定的。

　　吃完饭我们去KTV唱歌，这也是事先说好了的。坐进KTV的包厢，我就开始要啤酒了。虽然我猜测，我昨天借酒撒疯一定给庞安留下了很坏的印象，但是，我还是要了啤酒。因为，我觉得我若不喝一些，就真的是无法再面对这个姑娘。啤酒也受到了马斯丽的欢迎，大约她也正需要些啤酒来麻痹一下自己紧绷的神经。

　　马斯丽说："好呀好呀，我们来猜拳玩！"

　　这个提议太好了！我偷偷去看庞安，怕她会拒绝。庞安抿着嘴，扬扬眉，是表示不置可否吗？不置可否不就是含蓄的认可嘛！我很激动，真的是很激动。我觉得庞安表态的样子都是这么可贵，这么感人至深。我像个发着高烧的人，庞安的任何一个表情都能让我悲喜交加。

　　我们开始猜拳。

　　马斯丽挽起袖子说："来来来，我们来猜大拳！"

　　大拳是什么呢？就是面露杀气，就是青筋暴露，就是扯着嗓子"五魁首，六六六"！我下意识地就判断出，这玩意儿是绝对不适合庞安的，它只适合郭有持或者李鸣鸣。如果郭有持或者李鸣鸣这会儿在座，倒是很适合与马斯丽切磋一番。果然，庞安缓慢地眨了一下眼睛，摇头表示她并不精于此道。马斯丽有些沮丧，赌气似的先喝下一杯酒去。善良的庞安就内疚了。她说：

　　"要不，我们猜傻瓜吧，嗯，会吗？"

蝌　蚪

庞安是在对我问"会吗"，她终于很认真地看着我了，眼神里带着笑。

我立刻受宠若惊了。我说：

"会会会，猜傻瓜，我们就猜傻瓜！"

我们就猜傻瓜。游戏的规则是：石头、剪刀、布，猜的同时要问："谁傻瓜呀，谁傻瓜？"输了的要说，我傻瓜！赢了的当然就要指着对方说，你傻瓜！不赢不输的时候，就指着其他的人说，他傻瓜！嘴里和手上要一致，不一致了，就要被惩罚。

谁傻瓜呀谁傻瓜？

我在庞安面前无限卑微，可是，我又不甘心在庞安面前成为一个傻瓜，所以，我总是指着马斯丽吼：

"你傻瓜！"

不管手底下是赢是输，一概把傻瓜的帽子往马斯丽头上扣。马斯丽的心态大约也不端正，有意无意地，也把矛头都指向我：

"你傻瓜！你傻瓜！"

这样，就只有了无心计的庞安显出了优势，她条分缕析地一一指出了我们谁是真正的傻瓜。

"你傻瓜！"

庞安一指我，我果然也在拳头上输了，果然就是个不折不扣的傻瓜。我就喜滋滋地喝下一杯啤酒。

"你傻瓜！"

庞安一指马斯丽，马斯丽也就毫不留情地被定义成了傻瓜，也得喝下去一杯。

可是，当她指着自己，诚恳地承认"我傻瓜"时，我和马斯丽却陷在彼此攻击的怪圈里不能自拔，正错误地指责对方是傻瓜，于是，我们俩一同喝下去一杯。

马斯丽是个不甘失败的人，她看出来了，我就成心没打算赢，并且干扰得她也屡战屡败。几杯啤酒喝下去，马斯丽也难免性情外露。她看出我对庞安的用心了，天经地义就会吃醋。马斯丽吃醋，一点也不难理解。但马斯丽绝不会如普希金一般，"既忍受着羞怯，又忍受着嫉妒的折磨"。马斯丽在两条廉价手链面前都忍不住，岂能忍住羞怯与折磨？

"不玩了不玩了！"马斯丽说，"我要唱歌！KTV里不唱歌，倒猜拳喝酒了，猜拳喝酒去酒吧呀！"

我说："玩呀！"

她说："玩屁！"

于是，马斯丽开始捧着麦克风唱开了歌。

庞安看了我一眼。我觉得她看我的这一眼意味深长，有一种不言而喻的友情在里面。那意思是：我们，我和她，目前是同一类人，都是在KTV里猜拳喝酒的人，而马斯丽，却是个愿意循规蹈矩的人，在KTV里，她就要唱歌。这个想法令我温暖，令我如沐春风。本来，马斯丽是坐在我和庞安之间的，像一座横亘的大山分隔着我们。现在，马斯丽起身离开了，在忧伤地唱歌。我与庞安之间就只有些莫须有的空气了。是我挪动了吗，还是庞安也在挪动？不经意间，我明确地感觉到我和庞安之间距离拉近了，我们仿佛磁铁的两极，天然地会相互吸引。这种被拉近了的距离，不是物理意义上的，它无法丈量，它只存在于我的心里，是我内心的尺度。

马斯丽在忧伤地唱着的，是前苏联歌曲《山楂树》。具有少许俄罗斯血统的马斯丽热爱这些歌曲。俄罗斯特殊的悒郁与沉痛，让歌唱着的马斯丽成为了一个高尚的人，一个纯粹的人，一个有道德的人，一个脱离了低级趣味的人。马斯丽唱道：

"哦那茂密的山楂树白花开满枝头，哦你可爱的山楂树为何要

发愁?"

我禁不住打了个哆嗦。马斯丽的歌声流泻出来，就像是一股来自西伯利亚的温度侵袭了我们置身的包厢，令我无端地感到了冷意。这歌词里的内容是与我无关的，但是这歌词里的情绪，却像吹乱了青年钳工和锻工头发的轻风，吹愁了我的心。

马斯丽也被自己打动了。我看到了，马斯丽的眼角涌出了泪花，在手风琴的旋律中，闪闪发亮。在凄凉的过门声里，她突然丢下麦克风，抓起自己的外套，摔开包厢的门扬长而去。我和庞安都有些缓不过神，我们面面相觑，这是怎么了？哦，我亲爱的山楂树请你告诉我。

庞安的眉头蹙起来，一言不发地站起来穿她的羽绒大衣。她可能受到了伤害吧，被两个各怀鬼胎的家伙拉来，莫名其妙地陷在一种古怪的气氛中。她或者还会生气吧？觉得自己有些无辜，没来由地，就分担了一些把马斯丽欺负得拂袖而去的责任。我的心很慌张，我也说不清这里面幽暗的逻辑。看到庞安面露愠色，我感到愧疚万分。我只有跟着庞安一起往外走。马斯丽意味无限地跑了，我和庞安继续坐在这儿猜傻瓜，哪儿有这么好的事情！

我在KTV的前台结账，庞安目不斜视地阔步走出了大门。她的双手放在大衣口袋里，她的头不自觉地仰着，她的脚下仿佛踩了弹簧，每一步都向上跳跃。我知道，这是舞蹈演员们习惯的姿势，但是，这会儿在我看来，这姿势就是庞安对我形同陌路的表示啊！我在结账，她却自顾而去，把我丢弃掉。我不免悲痛，递出去的钱都微微颤抖。

我垂头丧气地走出KTV，一眼却看见庞安笔挺地站在路边。庞安在等我。她站在那里，背影都是那么舒展。她白色的羽绒大衣，在夜晚的街头就是一个闪亮的标记。我觉得自己被这个闪亮的瞬间拯救了，我从水里挣扎着探出头，一大把稻草就被神赐予了我。我当然不敢幻想，那神赐予我的会是一艘求生艇，那样太奢侈，现在一大把稻草，就足以使我无限感激。

我们会合在一起。我拦下辆出租车，我们坐进去。我们都默默无语。但是，我的每一个动作，每一下呼吸，都嘈杂喧哗，脑袋里像存在着一个人声鼎沸的集市。车很快就到了歌舞团的门前。它太快了！庞安微微向我点了下头，就下车走了。我坐在车里看她，看她步步莲花地走向歌舞团明亮的大门。哦，我的庞安！我放声呼唤了吗？还是，我只是在心里面黯淡地呢喃着？我看到庞安突然应声回过身来遥望着我，似乎在询问：还有事吗？我飞快地钻出车子，跑到她面前。

"电话，电话呀！"我说，"我们互相留个电话吧！"

我要求得干干脆脆，其实，这和我虚弱的内心很不相称。庞安笑了。她从口袋里摸出手机，埋下头去揿号码。然后，我的手机就叫起来。哦，她居然有我的号码呀，她怎么会有呢？当时我是顾不得分析这问题的。

我手机的铃声是小步舞曲，莫扎特的，它在夜晚回旋起来，美妙至极。

# 二十六

认识庞安之前，爱情这件事情就没有真正在我身上发生过。所以，当我爱上庞安时，内心那种巨大的波澜，真的是让我眩晕。我变得犹疑和愚蠢。犹疑的证据是，我显得手足无措，举棋不定。我终日捧着手机发呆，拿不定主意是否该勇敢地拨通庞安的号码。愚蠢的证据是，我居然又约了马斯丽，目的只是想从她那里得到些有关庞安的信息。

马斯丽如约来到我的家。她倒是拿得起放得下。我想，这可能是那条项链在起作用，毕竟，它价值不菲，冲着它，马斯丽多少也应当给些面子。

马斯丽的情绪有些低落，进来后，就仰面朝天地躺在了沙发里。她对这里熟门熟路，说躺就躺，这也没什么奇怪的。奇怪的是，躺在沙发里的马斯丽，让我感到了陌生。我感到陌生，是因为，我从马斯丽躺着的姿态里看出了一种憔悴，而憔悴，是马斯丽身上最缺乏的一种气质。马斯丽有着俄罗斯的血统，但她秉承下来的，更多的是那种哥萨克式的桀骜，至于那种高贵的俄式憔悴，却是一点也没有的。我曾经怀疑，马斯丽身上那点异族的血统，一定是她的某位祖先在马背上播种下来的。

而我，也正处于心神仓惶的时刻，不知所云，目标含混。我不知道自己该做什么，该怎么做，才能够谋取到心中的爱情。我也坐进沙发里。马斯丽躺成一个弓形，肚子那部分凹进去，留出的地方恰好可以坐进去一个人。我就坐在马斯丽肚子前，两只手插在双腿间发呆。后来，不知怎么搞的，我们竟然抱在了一起。没有任何前奏，我突然意识到我们居然在接吻。我们彼此也是熟门熟路，说接吻就接吻，这也没什么奇怪的。奇怪的是，我们会吻得这么热烈，两个人似乎都有着乖张的愤怒，舌头凶狠地搅来拌去，吮吸得风生水起。我们的嘴咬合在一起，即使如此，马斯丽依然可以毫不松懈地翻坐起来，骑在了我的身上。这个时候，我已经没办法让一切停止了。马斯丽沉甸甸的，却又轻盈灵活，我们两个人的衣服被她举重若轻地解除，抛散掉，那么繁复的事情，她处理起来却是行云流水。这么看，马斯丽果然具备着马背民族的驰骋本领。

　　完事后，我有些瞠目结舌。我想不通事情怎么会如此离奇，如此不以人的主观意志为转移。而这时，我们已经转移到了床上，身体湿漉漉，软乎乎，喘息深长而粗重。马斯丽趴着，脸埋在枕头里，除了背部随着喘息而起伏，整个人像死过去了一样。我平躺着，眼睛睁得大大的，空洞地看着天花板。我们就这样沉默不语，就这样让喘息声此起彼伏。

　　是谁，把我们这样一正一反地撂在了床上？

　　天黑下来，房子里一片昏暗，我的心一片消极。突然，马斯丽呜呜噜噜地发出了声音。我以为是自己出现了幻听，连忙屏声静气。于是我听清楚了，马斯丽真的是在梦呓般地念叨着：

　　"庞安……庞安……"

　　我的心一下子悬起来。我渴望再听下去，听听马斯丽会说出些什么，哪怕她什么也不说，只是多重复几遍庞安的名字，对于我都是莫大的赏赐。但是马斯丽只念叨了四五声，然后又不声不响地死过去了一样。我等了一阵，那过程，就是一个从希望走向绝望的过程。我都想把马斯丽一把揪起来，命令，或者哀求她，说呀说呀，庞安怎么了？

我鼓起了勇气，却不是揪起马斯丽，我只是装作若无其事的样子，自言自语般地问道：

"庞安怎么会有我的手机号码呢？"

马斯丽一言不发，充分地考验着我的耐心。就在我又一次走向绝望时，她才冒出一句：

"当然是我给她的。"

"哦？"

我甚至都没敢多说一个字，我怕马斯丽又死过去了一样。

马斯丽说："那天晚上把你送回来，回去的路上，庞安说该给你打个电话，看看你清醒了没有。我没带手机，就让她打了。"

我说："这样呀，我怎么没听到呢？"

马斯丽说："你当然没听到，庞安说你关机了。"

我的心摇晃起来，仿佛一个巨大的秘密突然在眼前泄底。那天夜里，我的手机一直是开着的，这一点我可以保证，因为第二天我摸出来打给马斯丽时，它依然是开着的。就算我烂醉如泥，对莫扎特的小步舞曲充耳不闻，第二天也会看到未接电话的提示，可是，我并没有看到。是我的手机在作怪吗？它在那一夜生出特异功能，自动关机，然后自动开机，像人的睡眠一样遵循着自然规律。这显然是奇迹啊，而奇迹，哪有那么好发生的？那么，正确的答案应该是：庞安在撒谎，她要了我的号码，却没有打给我，却对马斯丽谎称我已经关机。那么，更正确的答案应该是什么呢？我觉得自己的智力不够用了。我想不下去，某种超乎想象的可能性抑制住了我的思维。我是那么地善于浮想联翩，但是对于那种可能，我却丧失了假想的能力。我只是抖起来，自己都察觉不到地抖起来。直到马斯丽仰起脸瞪住我，我才发现我在颤抖。马斯丽的脸贴在我的眼皮前，疑惑地说：

"你抖什么？"

我根本控制不住自己，牙齿打着架说：

"我，抖，抖，抖了吗？"

"抖了！"马斯丽严厉地说，"你抖了！"

我说："好，好，好，我抖，抖，抖了，马斯丽你走，走，走啦，我不舒服。"

马斯丽坐了起来，头扎在曲起的两条腿之间，赤裸的后背在黑暗的屋内划出一抹微亮的、倔强的弧度，像是一座显赫的人肉祭坛。她不知道在琢磨什么，又是好半天不声不响。然后，她开始穿衣服，穿好之后，招呼也没跟我打一声就从我的眼前消失了。我依然在抖，心里面的伤感却油然而生。我突然觉得马斯丽很可怜，也觉得自己很可怜，也觉得黑暗的屋子很可怜。这种可怜是没来由的，非常抽象，很孤立，但又和许多恢弘的情感连为一体。

日后我才逐渐明白，这种悲悯之情，就是爱情最主要的一种滋味。陷入在爱情里的人，看自己，看世界，统统都是悲悯的。

# 二十七

庞安见到我的第一眼就觉得我酷似一个人。这个人叫林楠，是庞安的男友。而这个男友，刚刚举家飞往太平洋上的一座小岛了，从此与庞安隔着山、隔着水，成为了一个追忆。

庞安当然会难过悲伤，心上的人走了，找个长相雷同的人，用这样的方法，寄托自己的哀思。这就是庞安有意留下我手机号码的动因。庞安这么做，没什么不可理解的，所以，事后我了解了真相，也没有过分地沮丧。我只是有些吃惊，我以为我的庞安一定是花了眼，那个太平洋岛国上的人，真的和我长得很像吗？我以为，在这个世界上和我长得像的只有郭有持呢。

庞安坚持自己的立场，她找出了那个人的照片让我看。真是不可思议啊，我在照片上看到了什么？我以为我看到了衣冠楚楚的郭有持呢。郭有持在照片上向我含蓄地笑着，而我，像个帕金森病患者，拿着照片的手剧烈地抖起来……

这些都是后话，最初我是不明真相的，我哪里会料到，庞安对我另眼相看只是得益于郭有持遗传给我的容貌。那时我陷入在虚幻的焦灼中，变得有些神神叨叨。我走在街上，不由自主，胳膊就会抱在胸前，头垂着，心事浩渺。我坐在办公室里，用一只手托着下

144

巴，望着窗外沉思，而托着下巴的那只手，通常还夹着一支点燃的烟，烟雾袅袅，把我的头萦绕住。这些，都让我看起来像是一个哲学家的样子了。

我无时无刻不在想着庞安，却没有勇气堂堂正正地去追求她。我渴望这样一位姑娘，但却对她望而却步，仿佛觊觎了不该觊觎的天堂。我甚至想，如果我是郭有持，那该有多好？郭有持对于女人从来都是那么得心应手：撬门扭锁，于是就登堂入室，成功地俘获了我妈；菜刀与担架并用，于是就俘获了徐未；他甚至大约只用了几瓶啤酒，就将李呜呜带到了床上。我想，如果我也像郭有持一样，直截了当地采取不正当的手段，是不是就可以俘获我的庞安呢？我如此胡思乱想，居然把郭有持当做了偶像，这说明我的确是有些傻了。

我认为，也许我真的就不是个很健康的人。我是个病人。我的同学赵挥发当年一棒子把我打倒在地，大夫都说了，我可能会留下诸多匪夷所思的后遗症。也许，遇到爱情时就变成个傻瓜，这也是遗留下的疑难杂症之一。这样一想，我就真的把自己当做了一个病人。因为，我真的觉得自己病了。我觉得头晕，四肢无力，呼吸困难。我还有些过敏，闻到一切刺激性的气味就会浑身瘙痒。我给自己开了药方，去药店买了些维生素按时服用，在心理上制造出一些有益的暗示后，似乎觉得症状得到了控制。

我把自己心理上的疾患狡猾地转移到了生理上，连我自己都对自己感到挺满意的。有一天，我开着电视台的车出去办事，在路上我突然意识到，我如此忧郁与羸弱已经有两个多月的时间了。两个多月的时间意味着什么呢？即使做一个心脏移植那么大的手术，也该痊愈了吧？当年，我被赵挥发一棒子打倒，人事不省，深度昏迷，也不过才一个礼拜的时间啊。这样一想，我就觉得自己神清气爽了，像是获得了新生。我掉转方向，把车开向市歌舞团。

两个多月没来市歌舞团，这里却面貌一新了，原来的铁栅栏不见了，取而代之的是一道矮墙，上面还有浮雕。那浮雕挺好看的，刻画着一群翩翩起舞的女孩子，她们个个婀娜多姿，并且相互之间有种恋爱般的情谊，或者拥抱在一起，或者跳跃起来，在空中深情款款地彼此凝望。这些女孩子们之间暧昧的关系，很有美感。我觉得这是个好兆头，内心的樊篱也随之松动。我决定进去，站在庞安的眼前。至于后面该做什么，都不重要，我只是想看到她。

正当我准备下车时，庞安却出现在我的视野中了。

她和一个身材瘦高的男人并肩从歌舞团的大门走出来。我看到了，我的庞安在对那个男人笑着。那个男人说着话，并且做着手势。他的手势多潇洒啊，上下翻飞，像个将军一样的自信，有一下，居然指向了我所处的位置。庞安的眼睛顺着他手指的方向看过来，坐在车里的我立刻感到了中弹般的痛苦。庞安只向我这里看了一眼，因为，那男人的手指又迅速地挥向了别处。庞安看不到我。我躲在车里，像一只躲在角落里的甲虫。

而车外，春暖花开，阳光明媚。

他们走在春天里，走在明媚中，神采飞扬，态度亲密。这情形深深地刺伤了我。他们走过去了，把背影留给我。我看那男人的背影，不由得自愧弗如。他实在是挺拔啊，穿一件夹克衫，下摆露出了腰间的皮带，屁股窄窄的，却很结实地向上翘着。我一往情深地来到歌舞团的门前，当然是冲着庞安而来的，我是那么渴望看到她。但是，现在我的目光却被这个男人的屁股抓牢了。我甚至都无暇去遥望我的庞安。这说明，我的心被嫉妒的火焰炽热地煎熬着了。

我都不知道，我的泪水又涌了出来。时常地泪水涟涟，这也是我的后遗症之一。赵挥发的那一棒子，可能打坏了我的泪腺，这连

大夫们都感到诧异，给不出医学上的合理解释。我被那一棒子打得
泪水涟涟，许多年来都会无缘无故地泪如雨下。有一段时间，我的
这个毛病有所好转。我在兰城培养出了好的生活习惯，在电视台阅
尽人间春色，即使偶尔悲从心来，也只是滴下有限的两行热泪。但
是，那一天，躲在车里的我突然旧病复发了。我的眼泪滚滚而下，
很快就淋湿了我的脖子。我连忙用手去捂眼睛，像堵泉眼一样地用
力去堵。可是根本堵不住，我的手一放下来，就是一捧水。我必须
转移自己的注意力，否则电视台这车，我是开不回去了。

　　我只有去幻想，去有力地幻想。我把自己虚构在这样的场景里
了：在某个白银或者黄金的时代，庞安早已是我的爱人，我们情投
意合；如今，在这个破铜烂铁的时代里，另一个窄屁股的浮浪男子
获取了她的芳心，我只有忍住悲伤，不再打扰她的幸福（我打扰过
她吗？），像个体面的伯爵，对她送上我低沉微弱的祝福……


> 我曾经爱过你：爱情，也许
>
> 在我的心灵里还没有完全消亡；
>
> 但愿它不会再打扰你，
>
> 我也不想再使你难过悲伤。
>
> 我曾经默默无语地、毫无指望地爱过你，
>
> 我既忍受着羞怯，又忍受着嫉妒的折磨；
>
> 我曾经那样真诚、那样温柔地爱过你，
>
> 但愿上帝保佑你，另一个人也会像我爱你一样。


　　普希金的这首诗在我心中响起。我进入到角色里，身临其境般
地，仿佛握着一支颤抖的鹅毛笔，将这些诗句输入在手机里，并且
严格以诗的形式断行，然后，揿下庞安的那串号码发送出去。真是

蝌 蚪

奇怪，当我把这首诗发送出去后，我的眼泪立刻止住了。看来，这就是最适合我的方式，是医治我疾病最有效的药方。郭有持以菜刀克服困难，困难于是在他的菜刀面前迎刃而解。我只有用诗歌去克服困难，如果这时候我手里握有菜刀，我也只会用它来解决我自己。我选择了正确的方式，于是，我得到了安慰，眼泪停止了，手也稳定了，可以让我安全地把车驾驶回电视台了。

第二天我正在上班，庞安的电话就来了。

庞安说："你在电视台吗？我过来找你方便吗？"

我平静得不可思议，内心居然波澜不惊。

我说："方便方便，你来吧。"

庞安说："那你下来吧，我已经在你们门口了。"

我的内心很平静，可是我的腿却飞奔起来。我都顾不上乘电梯，我认为电梯没有我跑得快。我沿着楼梯一路狂奔，二十几层的楼啊，连蹦带跳地跑了下去。

庞安站在电视台的大厦外面。大厦的玻璃幕墙反射着刺目的白光。

她站在光里，冲着我笑。

我一下子就意识到了，我和庞安的爱情就要开始了。

# 二十八

　　爱情，有一定的逻辑可循吗？如果有，我和庞安的爱情，遵循的是怎样的逻辑呢？庞安觉得我酷似她以前的男友。那个叫林楠的人，于是就成为了我们爱情的一个主题。对此，我没有太多的哀伤，对于庞安巨大的爱恋让我无比地顺从。我向庞安坦白我的嫉妒之情，坦白我因此备受的煎熬。但是，我从不抱怨，甚至，我把这些当做我们之间重要的谈资，来和庞安探讨、分析。也就是说，别人是在谈恋爱，而我和我的庞安，我们，是在谈嫉妒。

　　——亲爱的庞安，我们先谈谈那个窄屁股的男人吧。当然，他很帅，身材一流，举止潇洒。正是这个人，令我旧病复发，泪如雨下。我因此把普希金的诗发给你，这唐突吗？如果是，那么原谅我吧，那种残忍的折磨，唯有诗歌，才可以慰藉啊。

　　这样诚恳的坦白反而让我从容。我自觉地摆正自己的位置，不矫饰，不伪装，有一说一，有二说二。在庞安眼里，这是一种美德吧，这种态度，也许反而令我显得可爱与可信。庞安笑起来。那时候，她站在电视台外面玻璃幕墙反射着的白光里。她笑得光都跟着一阵颤动。

　　"哦，那你白受折磨了。这个窄屁股的男人，是我们团里的美工！"庞安实在是被逗坏了，她不由得就要重复我对那个男人的定

义，"窄屁股，窄屁股！呵呵，我以后也这么叫他！"

原来，令我愁肠百结的只是自己臆想出的情敌。可是我并不羞愧。如果没有这错误的臆想，我何来如此的勇气，去向庞安发送普希金？是嫉妒，在那一瞬间极大地鼓舞了我，给予了我那种不受制约的激情。这样说来，臆想与嫉妒就不再是可耻的了，正是这些别致的情绪，才使得爱情散发出如烟花般迷人的绚烂。

这就是我的爱情观了吧？我不觉得想入非非和妒火攻心是可耻的，这种态度感染了庞安。因此，在我们恋爱的最初阶段，庞安非常热衷于向我谈论林楠。我们在许多时刻，在夕阳下，在黄昏里，掰开了，揉碎了，深情款款地说着那个太平洋岛国上的男人。

在庞安的诉说中，我大致清楚了，林楠是位中年律师，是庞安父亲的合伙人，在兰城的律师界堪称翘楚。但是很不幸，这个优秀的男人已经有了家室，我可怜的庞安，她的爱情注定了坎坷。当他们恋情暴露的时刻，暴风骤雨便来临了。庞安的父亲使出了所有手段，终于，林楠律师不得不屈服于各种压力，携着家眷远走高飞，栖身于太平洋上一座孤独的岛国。

这就是一场完整的爱情了，如今被我复述一遍，除了"太平洋上的岛国"这个意向令人咋舌，其余的不免会显得空洞乏味。

我的庞安在对我诉说这一切时却是极尽曲折的，如同讲述一个循环不已的故事。有时候，一些情节会被她反复地提及，比如，当我以为结局就要来临、男主角已经漂洋过海了的时候，她又柳暗花明地说起了他们的第一次见面。她说：

"那天傍晚，他敲响了我家的门，我爸不在家，我打开了家门，看到他，我就觉得自己是打开了爱情的门……"

那时候我刚刚因为马斯丽损失了五万块钱，经济上不免捉襟见肘，所以，我和庞安约会的地点基本上都是露天的。我的后遗症正在复发。我们走在街上，或者徜徉在公园的树林中，共同追忆着一场逝去的爱情，我难免会迎风流泪。有时我的眼泪和庞安的故事不太配套，当故事里出现了喜悦，我也有可能不恰当地流出眼泪。于是我们就会停下来，分析一下我这泪水的根源。结论当然就是嫉妒了。我坦率地承认，我很痛苦，这痛苦是复杂难言的——我愿意庞安喜悦，可是，庞安的喜悦有时候又会令我痛苦。这种混乱，就是爱情的滋味吧？

庞安的情绪不像我那样波澜起伏。她是平静的，给我的感觉是，庞安对这些往事的兴趣更在于讲述，而不是回味。她镇定地说：

"最终，他去了太平洋上的一个岛国……"

在我流泪的时候，庞安会替我擦眼泪，为此，她专门准备了一块手帕。这块手帕后来一直被我珍藏着。它有股挥之不去的忧伤气息，即使洗上一万次，那种类似乳酸的微甜气味也难以根除。

在替我擦过几次泪后，庞安主动亲吻了我。

那一天，在公园的树林里，当这块手帕又一次捂在我的脸上时，庞安的嘴唇突然贴了上来。这真是非同小可。我正陷入在一种莫名的虔诚当中，乐此不疲地倾听着庞安的爱情故事，心情也如太平洋一般地烟波浩渺，几乎没有去渴望肉体上的获得。但是，庞安的这一吻，像一道霹雳，立刻击溃了我欲望的堤坝。庞安吻得那么沸腾，当我下意识缩回自己的舌头时，她的态度几乎是蛮横的。她用力吮回我的舌尖，报复似的又吐出来，然后又凶狠地吮回去。那块手帕夹在我们两张脸之间，薄如蝉翼，随着我们的动作一同扭曲，却始终不曾脱落，非常有效地遮蔽着我们的视觉。于是，我们所有的感触都集中在了彼此的唇舌之上，纠结往复，激烈痛苦。

当这个吻终于停止下来时，我们都筋疲力尽。那块手帕也随着我们的分离飘然落下。我有些僵硬，想必庞安也和我差不多。我看到她黯然失色，嘴唇似乎有些肿，像一枚橘瓣，周围是被挤压后微红的苍白。这让她看上去有一种凌乱的意味，像突然凋零下去的花朵。我不禁痛惜。但痛惜之中，却是汹涌的欲望。

我们一同回到了我那儿。一路上，我们都有些六神无主。我们都明白，我们的方向是什么。

进门后，庞安就去冲澡了。我坐在沙发里，陷入在焦灼的等待之中。我的焦灼突然让我醒悟了，我对庞安如此眷恋，说到底，好像依然是欲望在作祟吧？可是这欲望如此辗转，被虔诚包裹着，就成为了爱情。

庞安终于冲完了，头发湿漉漉地从卫生间出来。她裹着我的大浴巾，一言不发地坐在了床上。我看着她，有些手足无措。我不知道怎样走到她身边去，怎样拥抱住她，才是恰当的。我连走向她时应该先迈出哪只脚都毫无主意。当我好不容易蹭过去，一只手搭在她赤裸的肩膀上时，她却突然甩开了我的手。她说：

"你不去冲澡？"

我恍然大悟了，居然有种如释重负的感觉。我觉得，此刻安排自己去冲澡就是一种赦免。

我欣慰地钻进了卫生间。卫生间里氤氲的气息扑面而来，那是庞安沐浴后的气息。我看到她的衣服整齐地叠放着，最上面是她的内裤和乳罩。我得坦白，此时我做了猥琐的事情。我脱光自己后，身不由己就捧起了庞安的内衣。我把自己的脸埋进去，深深地呼吸。我嗅到的，是和那块手帕几乎完全一致的类似乳酸的微甜气味。我的泪水条件反射般地夺眶而出。我流泪了。我站在花洒下，一边流泪一边握住了自己，手指快速地动作。我是如此迫不及待，又如此沮丧，混合着，很快就达到了高潮。

当我从卫生间里出来时，身心疲惫，却又身心安宁。

庞安已经钻进了被子。因为她裹走了我的浴巾，我不得不赤裸裸地走到她面前。她目不转睛地看着我，眼神里带着一丝笑。此时，我已经变得从容了。我从容地去亲吻她，从容地去抚摸她。庞安没有了公园里的那股子狠劲儿，她闭起双眼，浓密的睫毛随着眼皮微微颤动。我感觉到了，她是在充满期待地酝酿着，是在聚精会神地体会。她的鼻翼一下一下地张阖，洁白的牙齿轻咬着嘴唇的一角。我格外去探究了她的腋下，将她的一条胳膊举起，用嘴唇去轻触那曾经困扰我多年的禁地。她的腋窝干净、柔软，并且格外敏感，在我的碰触下，她一再地缩紧了身体。

但是，事情却糟糕起来。我已经释放了的自己，无法迅速恢复。我们的身体波动着，爱意缱绻。我努力令自己专注，亲吻和抚摸得无比深情。可是毫无起色，我越是刻意，越是徒劳。庞安终于发现了我的异样。我感觉怀中紧绷着的她突然松懈下去。这让我痛心疾首，有着巨大的无能为力之感，仿佛眼睁睁看着她死去。如果这时候庞安推开我，如果她说，算了吧，然后穿上衣服拂袖而去，那我也只能接受这样的惩罚。

庞安却再一次让我感动了。她没有做出任何令我尴尬的表示，依然安静地接受着我的亲吻和抚摸，像一个婴儿，听任我的摆布。最后，她居然在我的摆布下睡着了，发出轻微的鼾声。月光如洗，却无法埋藏我的惆怅。我一动不动地躺在庞安的身边，克制着不让呼吸粗重起来。我对庞安充满了歉意，如果连一个不受干扰的睡眠都不能给予她，我宁愿死去。

第二天清晨我们几乎同时醒来。

和我们同时醒来的，还有明亮的太阳和强烈的欲望。庞安的一只手在我的胳膊上轻轻地摩挲着。我仿佛受到了启蒙，立刻亢奋不已。阳光像埋葬月光一样，将我蒙昧的迷惘干净利落地埋葬了。

# 二十九

庞安对于做爱，态度有些特殊。她不缺乏兴致，偶尔还会发动突然袭击，热情似火，仿佛欲火焚身；当我急不可待的时候，她又会突然逆转，忽地踩下了煞车，变得四平八稳和中规中矩。这就有些像逗我玩一样。

我观察过，庞安即使在最兴奋的时刻也不会发出呻吟，她会蹙起眉头，牙齿咬住自己的唇角，最多，会把两只手攥紧，抓住床单或者当时可以抓到的什么东西。大部分时候，被庞安抓紧的只有床单。因为，我们做爱的地方基本上是被庞安规定在床上的。庞安排斥在床上以外的地方和我发生这种事情。有一次，我们一同冲澡，庞安主动亲吻我，舔我的鼻子，还咬我的耳垂。我们站在水里，密切地缠绕着。庞安似乎很受煎熬，身体扭曲着，看上去饥渴难挡。但是，当我兴致勃勃地企图更进一步时，她突然态度粗暴地甩开我说：

"别没样子！"

我当时是有些下不来台的。我站在花洒下，有些呆若木鸡。什么叫"没样子"呢？这太令我费解了。我甚至有些气愤，心里第一次对庞安产生出不满。我想，难道你舔我的鼻子，咬我的耳朵，就是"有样子"了？我站在水里，阴茎直直的，开始思索这个问题。

我分析出，我的庞安，对做爱有着一套完整的、根深蒂固的偏见。比如，我们每次做爱，前后都必定要冲澡，这两个澡，就像是三明治夹住火腿的那两片面包，把我们的做爱规定成"两个澡一个好"。这没什么不对，讲究卫生总是有益无害的。但是一丝不苟地去落实，难免就显得机械和教条。还比如，庞安认为做爱只能是床上的事情，床笫之欢嘛，这也没什么好说的。但是欲望这东西又不长眼睛，它哪儿分得出床上床下？所以，这些本来无可非议的好习惯，在我看来就成了陋习。

有生以来第一次，我对教养这种东西心生怀疑了。不可避免，我想起了十里店，想起了那里的人们夜夜宛如我家那道帷幕后的虎虎生气，想起了我的语文老师唐宋，想起羸弱的他在庄校长那破烂办公室里都能抑制不住发出的一声"啊"……

我认为自己眼下的处境，一定和那个太平洋岛国上的林楠有关。庞安的这些作风，极有可能是这个男人培养出来的。我决定印证一下我的判断。当我们回到床上完成了三明治式的做爱后，我不失时机地问庞安：

"亲爱的，觉得好吗？"

这时庞安刚刚沐浴完毕，一捧潮湿的长发正在等待自然风干。庞安有些慵懒，她说：

"嗯，挺好，水挺热的。"

这个回答差点让我七窍生烟。我当然不是在问她水温，也不知道她是不是故意的。庞安热衷于对我讲述林楠，但从来没有具体到他们的性事上。此刻我探究的这个问题，她会开诚布公地回答吗？对此，我没有把握。而且，对于庞安我始终是有些卑下，不卑下，我也不会洗耳恭听她的爱情往事。所以，我也没有勇气露骨地问她

这些敏感的问题。我尽量迂回着，继续问她：

"觉得我好吗，嗯，我表现得好吗？"

庞安背对着我站在窗前，用手撩拨着自己湿漉漉的长发。她穿着我的一件衬衫，衬衫的下摆随着她胳膊的起伏，偶尔暴露出她精致的屁股。

"嗯，挺好的。"

她头也不回地回答我。

"真的?"我趁热打铁道，"和林楠比呢，比他好还是比他差？"

问完，我就懊悔不迭。我觉得自己有可能捅娄子了。这种事情，怎么好拿来比较？

庞安果然是一怔。她回过头来看我，那神态和我第一次见到她时的一模一样：冷漠，长而密的睫毛使眼皮在开合之间都如同慢镜头一样地缓慢。那种感人至深的力量，几乎又令我在一瞬间瘫倒。

庞安问："一定要回答吗？"

我说："噢不，我随便说说。"

出乎意料，庞安反倒来劲了。她突然变得兴趣盎然，目光流转地看着我说：

"你们一样的，真的是一样的。"

对于庞安做出的这个结论我不知是喜是悲。我有着一瞬间的沾沾自喜，觉得自己受到了嘉奖。可是，我立刻又觉出了自己的滑稽，心情不免晦涩。

"你们真的是一样的！"庞安反复强调着。

她说："你们那里长得都一模一样！"

我不知道如何开口，只有傻笑，笑着笑着，就有些悲伤了。我哪里相信我和林楠连"那里"都是一样的呢？甚至在性能力上，我都怀疑自己不如他。庞安如此评判我们，到底是什么动机，我是不得而知的。我甚至以为，我的庞安是有意抬举了我。是什么让我如此卑微？爱情，真的就是一件摧残人的东西吗？谁知道呢！

第二天，庞安在电话里把我约到了"西堤岛"。她很郑重其事，专门选择了这个格调比较好的地方，一边喝咖啡，一边再次向我重申：我酷似她曾经的林楠。

我有些受不了啦，有种受到伤害的滋味。我想，就算我爱得虔诚，爱得毫无条件，庞安也不应该如此得寸进尺。我愣了半天，终究是没有发作起来。我说：

"不会的，世界上都没有两片完全一样的树叶呢。"

"真的，我不骗你！"

庞安叫起来。她的声音太大了，四周几个零散的客人都扭头看我们。

我难堪极了，只得去轻轻拍她放在桌子上的那只手。我觉得，那只手的肌肉都是绷紧的。庞安真的是生气了。她的怒火在我看来当然是不讲道理的。不是吗？该怒火冲天的是我吧？可我反倒要去安慰她，要拍她的手，要低声下气。突然之间我觉得非常无助，觉得我和庞安之间，就是靠那个太平洋岛国上的男人维系着的，如果有一天，那个对我而言莫须有的男人从我们的嘴边离去，也消失在太平洋上，那么我和我的庞安也就完了。爱情如此脆弱和虚幻，这不能不让我悲伤。我以为，再坚持几分钟，我的后遗症就又要复发了。

庞安从她的包里拿出了证据。

那是一本六寸大的简易相册。她一页一页地翻给我看。

天啊，我几乎也要叫出来！我的眼睛里充满了疑惑与恐惧，因为，我在照片上看到了一个又一个的郭有持。他坐在海边的石头上，他站在热带的雨林里，穿着白西装，穿着黑西装，向我含蓄地笑着。

157

有几张侧面的照片更是让我窒息，他在爬山，身体向前倾着，背弓起来，仿佛一把行进着的镰刀。

我不由把相册捧在了手里。我的手剧烈地抖动着，相册上的那个人于是也跟着我颤抖不已。

我不能肯定，如果有一天郭有持也出现在庞安的眼前，那么我和他，在庞安眼里，谁更接近照片上的这个人呢？我知道，我所有怯懦的根源，全部来自郭有持。郭有持对我的成长构成了巨大的阴影。他这把镰刀不但统治了十里店，统治了我记忆中的每一个生活片断，而且还在我迷乱的青春期，凌驾于我所有向往的事物之上；他收割着我对这个世界的期望，收割着那些与我而言万分神秘的女人。徐未是他的，甚至连李呜呜都是他的——这个蠢女孩本来还顽固地拥抱着我，转眼之间却被他带到了床上。那么我的庞安呢？一旦与这把镰刀相逢，会不会也像麦子般地轰然倒下？这样的猜测令我不寒而栗。

我感觉我的神经出了问题。我仿佛被某种叵测的阴谋给暗算了。我有些疑神疑鬼，怀疑庞安洞察了我的困境，因为我们不约而同都对那个林楠绝口不提了。林楠成为了我们之间的一个禁忌。我甚至觉得，庞安在此之前那么热烈地向我讲述这个人，就是为了让他有一天成为我的忌惮，当我骤然心惊之时，她便不再言语。

事实也是如此，在对我展示了林楠的照片后，这个人的名字就拔腿从庞安的嘴边跑得无影无踪了。

结果是，不再谈论太平洋岛国上的林楠，我们之间的语言就跟着枯竭了。我们在一起时常常沉默不语，各自陷入在飘忽的遐思之中。那个时候，庞安的脸上总会浮现出某种神秘的微笑，她一脸的神往，或者一脸的茫然若失。

# 三十

我和庞安的爱情陷入在古怪的气氛里，好像被巫师下了幽怨的咒语。我想我们都是不快乐的人。我们的甜蜜一定大不过忧伤，起码甜蜜与忧伤总是密不可分，它们是一个整体，贯穿着我们之间的每一个日子。

我甚至开始有限地躲避庞安，找一些理由，一个人孤身独处。

我的日子缺乏阳光。直到管生出现，这样的局面才发生了改观。管生就是那个曾经令我妒火万丈的窄屁股男人，他是歌舞团的美工。我们正式认识，是在庞安家举行的聚会上。

庞安邀请我参加这个聚会，我很紧张。因为我害怕面对庞安的父亲。那时我已经知道了，庞安的父亲是兰城有名的大律师，他几乎打赢了自己经手的所有案子。我当然想到了太平洋岛国上的那个人，那个与我酷似的男人，曾经是庞律师的合伙人，结果他却诱惑了庞安，这在庞律师的眼里，无疑是深恶痛绝的丑闻。我想，如果我出现在庞律师的面前，他一定会在震惊之余，把所有的积怨全部发泄在我的身上吧？他会对我报以怎样的态度呢？恐怕一气之下，将我也当做一件官司来打也不是完全没有可能。庞安却没有看出我的为难，她对我的忐忑和犹豫，表现出非常不理解的样子。庞安指

蝌　蚪

责我说：

"郭卡，我没有看出来你有这么大的架子，算了，去不去随便你吧。"

我认为庞安没有设身处地地为我着想，还来指责我的无辜，实在是令我委屈。

我说："去就去。"

庞安的家是一座独门独院的老房子，坐落在兰城市中心唯一保留下的旧街上。在一片喧闹之中，它像一个气度不凡的高人，双手插在袖筒里，突然沉默地出现在我眼前。走进这样的宅院，对我还是第一次。尽管我去之前已经知道，庞安家的聚会已经是一个惯例了——庞律师会不定期地邀请庞安的朋友来家里玩，我的出现，并不会显得太唐突。但是当我被庞安迎进这座院子时，依然觉得自己双腿发软。

院子里铺着一块块斑驳的大青砖，有奢侈的回廊和拱门。我进去时，已经有些客人站在那里了，他们三三两两地聚在一起，一种肃穆的期待情绪在院子里弥漫着。我不明白他们期待什么，我看到了马斯丽。她也站在人堆里，但是她高出几乎所有人一个头，因此即使放在火车站的候车室里，我也能一眼就把她分辨出来。

马斯丽也看到了我，好在她没有令我难堪，居然友善地向我点了点头。我正在惶恐不安中，马斯丽于是就感动了我。我连忙也向她点头示意，表情不免就有些讨好巴结。庞安把我带进来后，就穿梭着招呼其他人去了。她没有额外地照顾我，这当然令我有些失望。我以为我应该受到一些特殊的待遇，但是却没有。我有些不满，也有些失落。

庞安似乎兴致不高，她表情漠然地和人说着话，从一个人走到另一个人，行动都有些迟缓。这样我才稍感安慰，因为我看到被庞

160

安冷落的不止我一个人。我看出来了，我的庞安在她家的院子里梦游着。她的身体像是变成了一件独立的东西，与她遥远生疏，不受她的支配。

马斯丽是这群客人中唯一和我熟悉的人，我不知道自己是不是该走到她身边去。我正拿不定主意，肩膀突然被人在后面拍了一掌。我还来不及回头，就有一个标准的男中音在我身后说：

"哈，你是郭卡吧？"

接着就有一个英俊的男人闪在了我的眼前。他伸出手握在我的胳膊上，还来回地摇了摇。他就是管生。

可以想见，当时我对他多少抱有些敌意。我认出他了，这不就是那个和庞安态度亲密的窄屁股吗？

我眼前的管生长着一头鬈曲的头发，雪白的立领衬衫掖在裤子里，袖子宽绰，却在手腕处紧紧地系住，堆出很好看的皱褶。他的这副造型，在我眼里就如同舞台上的爱德华王子，尤其我还闻到了他身上的香水味，这些都像他那个俊俏的屁股一样，令我自愧弗如。我有些迟钝，一下子不知道怎么和这样一个人物打交道。但是管生对我却毫不生疏，仿佛我是他多年的兄弟一样。他对我的问候是一气呵成的，有种不由分说的味道。他握着我的胳膊说：

"我是管生，我早就听庞安说起过你！"

我觉得握在我胳膊上的那只手热情有力，传递出亲密无间的讯息。我是孤独惯了的人，一般情况下很不适应陌生人过度的热情，但是很奇怪，管生的热情居然感染了我。我不知所措，但对他的敌意却迅速瓦解了。

"我呢？庞安对你说起过我吗？她是怎么向你推荐我的呢？"

管生接连不断地向我提问道。

我张口结舌，仿佛月亮遇到了太阳，也仿佛学生遇到了老师。

正在我尴尬的时候，庞律师出现了。

庞律师从堂屋里出来，站在台阶上向大家挥手。说实话，看到他后我很失望。我想象过，庞安的父亲应该是那种气度不凡的男人。他应该是消瘦挺拔的，脸上带着和煦自信的表情，甚至还有一头雪白的银发。事实上，庞律师的气度也真是不凡的，脸上也真是带着和煦自信的表情，甚至真是有着一头雪白的银发。但是，他却不消瘦挺拔。庞律师健壮如牛，他站在台阶上，一条结实的胳膊举在空中，我怎么看，那样子都像一个准备喊"起跑"的体育老师。他真的是敦实啊，那不是胖，是体力工作者才有的孔武有力，他就是一截铁塔，有些像当年被郭有持用刀将脸一分为二的那个煤贩子。也许是我的预期太主观，所以，这唯一的不同，就令庞律师与我心目中的形象判若云泥了。但这个人身上有种我说不清楚的森严。

庞安家的聚会似乎已经形成了一定的程序。显然，这里面只有我不懂规矩。其他人都不是第一次参加这样的聚会，所以他们都能领会庞律师挥手的含义。大家真的像是听到了"起跑"的口令，鱼贯着走进了屋子。我突然就想到了赵群副厂长，想到了他不带走一片云彩的挥手。我觉得，挥手之间就能够传达出自己意愿的人，那都是些很有办法的人。那么，庞律师在我心目中，当然也是一个很有办法的人了。

管生依然握着我的胳膊，他拉我一把说：

"进去吧，演奏会要开始了。"

我被他握着胳膊，就像被他挟持的人质。而此刻，我倒是甘于做一名人质。我对一切都感到陌生，心里七上八下，有一个人能够引导着我行动，反倒会令我踏实一些。

庞律师站在台阶上，向每一位走进屋里的人微笑着。当我们经过他时，我觉得自己的心脏真的是跳在了嗓子眼。我不敢与他对视。

我怕吓到了自己，也怕吓到了他。我不知道庞律师一瞬间将我误认为那个太平洋岛国上的人后，会不会发出一声如雷的咆哮。我想低着头混过去，管生却拽住了我，把我介绍给庞律师。

他说："庞叔叔，这位是郭卡，电视台的编导。"

我只好强迫自己去面对了。我甚至已经做好了承受突变的心理准备。然而，庞律师脸上的表情毫无变化。他的脸上没有刮过一丝微弱的风。

庞律师微笑着，向我点头说：

"欢迎！"

他的声音倒是真的很洪亮，底气十足，像一口铜钟发出来的一样。我没有等来意料之中的惊诧，只好就被这洪亮的声音吓了一跳。直到走进了屋子，我才缓过一些神。我很恍惚，非常迷惘，猜不透现实为何如此地怪异。难道我在一夜之间长成了另外的一副模样——就像一只蝌蚪，突然就变成了青蛙？

庞安家的房子令人不安。因为它太高了，虽然只是平房，但屋顶的高度一点也不比两层楼矮，而且它还大，那种空旷，给人的感觉就像是一所礼堂；厚重的帷幕一般的窗帘即使全都拉开着，整个空间也依然被昏沉所笼罩，有一种隐遁和放弃尘世的气氛；房子里铺设的木质地板古旧幽暗，它吞没了大量的光线，人踩在上面，发出一种沉闷之声，仿佛脚下是万丈的深渊，每挪动一下就会传来空谷回音。这些都令我感到虚幻，感到渺茫。我觉得只有我身边的管生是真实的，对他产生出强烈的依赖感。他握在我胳膊上的那只手就是一个有力的打捞，让现实不至于完全沉溺为魔幻的梦境。

堂屋的正中摆着一架黑色的钢琴。它孤零零地摆在那里，怎么看，都像是一个等待祭祀的祭坛。当所有人都自觉地围在这架钢琴四周后，庞律师开始了他的演奏。

我不知道庞安家的聚会还有这样一个固定的节目。我的音乐素养非常差，尤其对于钢琴这种雍容华贵的乐器，更是毫无鉴赏的能力。我对于这门艺术的理解是浅薄的，最多只能欣赏理查德·克莱斯曼的演奏，而且打动我的，更多只是因为那位浪漫钢琴王子忧郁的形象。我觉得，只有理查德·克莱斯曼这样的帅哥，才具备弹奏钢琴的气质。所以，庞律师的演奏在我眼里就被糟蹋了。他弹得非常娴熟，而且具有激情，那些不知名的曲子在他的手指下奔涌出来，我却充耳不闻。

我只是觉得，庞律师健壮的身躯坐在钢琴前，怎么看怎么都不恰当。在我眼里，那就是一头黑熊的演奏啊；至少，也是一个闯到音乐教室里来的体育老师的临场发挥；而最为恰当的形容则是：那是一个正在作法的巫师。

我四处去张望我的庞安，却没有在听众中看到她冷漠的身影。

她去哪儿了呢？

演奏完毕，大家居然做起了游戏。所有人间隔很大地自觉围成一圈，开始以那架钢琴为圆心转动起来。

庞律师此时弹出的旋律我是知道的，那不就是《找朋友》吗？找啊找啊找朋友，找到一位好朋友……对于这首著名的儿歌，不但我耳熟能详，想必大家也都是耳熟能详的。所以大家的情绪立刻饱满了，和着熟悉的拍子，步调一致地转动着，仿佛回到了各自的童年。

庞律师把这首曲子不厌其烦地弹着，周而复始，似乎永无休止。我夹在队伍里，除了感到不可思议，渐渐都转得眩晕起来，恍惚觉得自己身处在一幕邪教般的仪式之中。突然，琴声戛然而止。最后一个音符咣的一声休止住，就像一发子弹，或者一声哨令，立刻固定住了我们的步伐。大家都站住了，原地不动。我不懂规则，是被身后的管生揪住的。这时我才明白了，当我走进庞安家院子时感受到的那种期待的情绪是为了什么。他们都是在期待着这一刻。当庞律师停止住最后一个音符的时刻，那个随机转到他正对面的人，就获奖啦！

我看到了，今天的这位幸运者居然是马斯丽。她显然是高兴坏了，脸上在幽暗的光线中散发出兴奋的红潮。庞律师开始颁奖了。那是一个红包，不知道里面的内容是什么。这时候，我对管生已经非常信赖了，我回头用眼神向他询问。他伸出一根指头，向我晃一晃，用口形无声地对我回答道：

"一万。"

# 三十一

　　庞安家年代久远的宅邸，庞律师教父般的风范，以及音乐、游戏，这些元素，在我眼里都有种梦幻般的色彩。它们仿佛一台略显夸张的舞台剧，尽管有些荒诞，但是很容易蛊惑起参与者内心的激情。老实说，我觉得庞安家的聚会很叵测。它的叵测当然不是来自庞律师的演奏，那些旋律感染不了我，这是毫无疑问的。让我觉得叵测的是，它呈现出的那种亦真亦幻的仪式感，像一个传销的窝点，或者一个非法的地下组织。即使在兰城，这里都是一块飞地，是这座城市的内核，被厚厚的不为我知晓的障眼法包裹着，让我几乎要认定，参与聚会的那些人，除了我，一准儿都有着秘密的文身。

　　那天聚会结束后我是和管生一同离开的。走之前我试图找到庞安，对她打声招呼，至少告别一下。但管生浇灭了我的希望，他似乎能够看出我的心思。他对我说：

　　"别找了，庞安回团里去了。"

　　我心里有些不快。我觉得自己的身份有些不明不白。如果庞安是我的恋人，那么掌握她去向的人就应当是我吧？但事实并非如此。对一切了如指掌的，反倒是这个管生。我们俩一同走在大街上，谁都没有说，但是似乎都不想立刻分道扬镳。我觉得我和管生之间有种默契。这种默契是从何而来的呢？也许它和庞安有关。毕竟，庞安是我们之间唯一的那座桥梁。

事实也是如此，我们像散步一样地走在大街上，一边走，一边谈论着庞安。虽然我认为庞安已经成为了我的恋人，但是，对于她的具体生活我却是知之甚少。就是从管生这里，我才知道我的庞安没有母亲，她是被父亲带大的孩子，而且，她目前已经是歌舞团的副团长了。管生介绍说，这都是庞律师的功劳，是通过他的关系，庞安才当上了这个副团长。可是庞安并不领情，管生告诉我，即使她父亲让她做上了东方歌舞团的团长，她也不会领情的。为什么呢？我在心里发出疑问。管生说，庞安多孤傲啊，哪里会稀罕这些？所以他父亲费这些劲都是徒劳无益的，什么聚会，什么游戏，这些都没法哄庞安开心。管生鼓励我说：

"我想啊，庞大律师下次也许会提高奖金的数额了，郭卡你要努力，说不定下次中奖的就是你。"

我在心里梳理了一下自己得到的信息。我想，庞律师这样不遗余力地宠爱着自己的女儿，大约是一种弥补的姿态吧？而庞安这样冷漠地无动于衷，大约也是一种怨怼的回答。那么，是什么令他们父女如此对立了起来？除了那个太平洋岛国上的人，我想不出其他的原因。当初庞安与那个人相爱，想必一定是极富戏剧性的，充满悬念与意外、斗争与妥协，当高潮过后，大幕落下，一切曲终人散，曾经参与其中的每一个人，依旧是要辗转在劫后的余波里吧。就像我，当年被赵挥发一棒子打翻在地，结果就留下了难以根除的后遗症。而一次恋爱的失败，那种打击的力度，绝对是不亚于一根棒子的。我认为自己的分析是合理的——庞安依旧陷入在那场消逝的爱情里难以自拔。这个结论当然令我痛心。她不原谅自己的父亲，这个态度，在我眼里就是一个怀念旧爱的态度。

我很想让管生说一说有关那个人的事迹，对于那个人，我当然充满了复杂的兴趣。而且我也感到费解，我酷似他的长相，为什么在他们眼里会视若无睹呢？即使他们忽视着我的容貌，对我不屑一顾，那个人总是会令他们记忆犹新的吧？我认为，借着那个人的光，他们也应该对我刮目相看一番。可是我难以启齿。公然向管生打问庞安曾经的恋人，这实在是件困难的事。

　　这时候管生吹起口哨来了。他吹得太悠扬了，不知道要比庞律师的钢琴独奏好听多少倍。我的心本来就飘忽着，这悠扬的口哨声恰好吻合了我的情绪，它把我的心托向了云端，让我体会到了一种身心澄澈的轻松。

　　我发现，我和管生的手居然是挽在一起的。我们的手指相互交错，掌心严丝合缝地贴在一起。这太令人惊愕了，我都不知道它们是何时挽住的，一瞬间心猿意马。那是一种万分微妙的感觉，既尖锐，又温和。我的脸都莫名其妙地滚烫起来。管生心无旁骛地吹着他的口哨，那副无忧无虑的样子，令我对自己一闪而过的杂念羞愧不已。

　　管生吹的是一支什么曲子呢？它令我沉静，令我对自己顿生好感。不错，那是著名电影《教父》中的插曲，名叫《温柔的倾诉》。那是一部尽显男人之美的电影。吹着口哨的管生，喷着香水的管生，他大大方方地挽着我的手，一点也不让人觉得别扭。我已经习惯了那种内敛的姿态，总是在自己的身上寻找毛病。批评自己，谴责自己，对于我已经是家常便饭的事情。但是，那一天在管生的牵引下，我突然觉得自己完美起来，觉得自己并没有问题，完全可以舒展着行走，不必像一条怪虫虫似的蠕动。

　　不知不觉，我们已经走到了市歌舞团的门口。管生停止了他的口哨。我想他吹了一路，嘴一定累得够呛，心里不禁涌起一些怜惜。

管生说:"你不进去找庞安吗?"

我摇头了,也不知道是什么原因造成的。

管生指着歌舞团外面的那道矮墙,对我说:

"来,欣赏一下,这是我的作品。"

他的这个作品我已经欣赏过了。但是如今再去端详,上面那些美轮美奂的浮雕在我眼里就有了别样的意味。那些翩翩起舞的女孩子,那些婀娜多姿的女孩子,她们之间的缠绵,突然就有了非常令人信服和感动的理由。

我们来来回回绕着歌舞团的围墙转了很久。管生对我讲解那些浮雕的构图。我当然是听不懂的,但是我依然听得津津有味。最后他说:

"浮雕在形式上是有限制的艺术,它比较平面,但就是这种限制,才适合去表现含蓄之美。"

他的这番话一直盘旋在我脑子里。回去的路上我始终被那几个词打动着。他说:限制,含蓄之美。他说的时候,表情严肃认真,向往之情溢于言表。

我开自己的房门时,还在想着他的表情。但是房门打开的一瞬间,我看到的竟然是喝醉了的马斯丽。她正在唱京剧,从穆桂英唱到苏三。苏三离了洪洞县——她披着一张黄颜色的床罩向我扑过来。我几乎被她撞倒。

"郭卡郭卡,我把那条项链还给你!"

她揪着我的衣领左右撕扯,把头往我怀里钻,意图从我的脖子上找出那条项链。我被她吓得不轻,根本没有任何思想准备。她怎么会在我这里呢?我们离开庞安家的时候,她还没有走,正沉浸在中奖的喜悦之中。谁能料到我回来时,她居然像只猛兽般地扑了过来。当然,马斯丽有我这里的钥匙,她能够进来毫不奇怪。奇怪的是，我们之间的确已经毫无瓜葛了，她怎么又会出没在我的家里呢？难道，她真的是要还我那条项链？这点无论如何我都是不信的。

马斯丽的动作凶猛无比。她坚持要在我的脖子上找出那条项链。我根本挣脱不了她的撕扯。我终于被她的不可理喻激怒了。我用力地甩开她。我没有想到她连站都站不稳。她向外跌出去，额头重重地磕在一只矮柜的棱角上。她的额头流出许多血。她摔倒在那里，身上披着的床罩敞开，里面一丝不挂。那样子，既没有限制，也毫无含蓄之美。在我的恐惧中，她咿咿呀呀地唱起了京剧，唱得有板有眼：垒起七星灶，铜壶煮三江，来的都是客，全凭嘴一张……我找了纱布替她包扎额头。这种医治行为可能唤起了她的被伤害感，她停止了吟唱，用一只手摸住伤口，抽抽答答地哭了。

"庞安有什么好？"马斯丽抓住我的手腕说，"和她睡过的男人多了！"

"睡屁！"

这句话令我非常生气，我感觉自己的心疼了一下。于是我甩脱了她的手，撒腿逃离了自己的家。冲出家门的时候，我还听到马斯丽在身后的哭诉：

"我有什么不好，我九岁进艺校，一直到二十六岁，我练了十七年的功，跳了十七年的舞……"

我一边下楼，一边运算了一下，发现马斯丽的脑子还算清醒。嗯，十七加九可不就是二十六吗？

# 三十二

　　我把马斯丽的话当做酒后的胡言乱语，当做她对庞安的诽谤。但是，我依然为那句话耿耿于怀了。

　　我开始审视自己的爱情。我发现，庞安从来没有真实地落入在我的怀抱里。我对于她的迷醉，也像是一场酒后的妄为，不知所以，虚无缥缈。而庞安，就像她家的老房子一样，真的是有一种梦幻般的特质。她是那么的不可捉摸，那么的飘忽不定。在她的身上，展现出某种没有解决的冲突，某种行为的外在形式和内心世界之间的裂缝。我隐约感到了，她就是一掬水，即使我孜孜以求，终究也是要从我的指缝中流走。我有一些醒悟，我想，也许庞安从来就没有爱上过我，至少，她一定不会像我那样爱得痴狂。我甚至想，她对于我的眷恋，完全是由于那个太平洋岛国上的人。我们有着酷似的相貌，这在她的心中，算是一个隐秘的奇迹吧。这个奇迹令她着迷，却无法与人分享，压在心头不吐不快，所以，她只有把我当做了倾诉的对象。一旦向我说出了心中的秘密，她对于我的兴趣，就慢慢减退了。

　　当我这样认识到了问题，那种覆水难收的无可挽回之感就涌上心头。

庞安开始和我有些疏远了,我们见面的次数急剧下降,即使在一起,往往也是相对无言。

我和管生的关系却密切起来。我们之间的情谊,从打网球开始。

那次聚会后,我们一同出去打过许多次网球。每次都是管生来找我,他站在电视台的大厦外面,穿着运动服,背着网球拍,就像一个真正的种子选手。我是不会打网球的,我什么球也不会打。上大学期间,我都没有参与过任何激烈的体育运动,连拔河这样的集体项目,我都是隔岸观火的。除了在十里店的夜晚,我曾经踏上那辆滑轮车孤独地冲刺,在整个青春期,我就是一个站在成长这个大操场外的旁观者。

那是一家网球俱乐部。我们站在球场两侧,我既盯着球,也盯着英俊的管生。同样的,管生也在目不转睛地盯着我。我们都聚精会神地看着对方,像是一场彻夜不眠的守望。由于我的笨拙,令运动量成倍增长。我们左冲右跑,挥汗如雨,很快头顶上就会冒出热气。我打得当然很臭,管生对此却并不在意。他毫无怨言地配合着我,即便是去捡我打飞的球,也是矫健地跑出去,又矫健地跑回来。他的精力太充沛了,并且热情洋溢。这不能不令我感动。我想,为了不辜负管生的热情,我也应当迅速地掌握打球的技巧。

我很努力,练习得很投入,一度累到胳膊都举不起来的地步,患上了所谓的"网球肘"。

终于有一天,我听到了管生的一声喝彩。我把球凶猛地截击过去,管生大吼道:

"好球!"

他的这声赞美令我无比激动。我仿佛是听到了人生的第一次喝彩,禁不住热泪盈眶。我觉得自己受到了鼓舞,身心都共同健康起来。

在俱乐部汗流浃背地打上一通网球，我和管生通常会钻进浴室里淋浴。在如烟似雾，令人双眼迷离的蒸气里，管生过于白皙的身体仿佛有着神的光芒，强烈地给予我视觉以及心灵上的冲击。我惊讶于一个男人会有如此细腻光滑的皮肤，细腻光滑到令我自惭形秽。以我有限的经验，至少庞安、马斯丽的皮肤也不过如此。有时候我甚至有恶毒的愿望，希望在替管生搓背时能够搓出大量的污垢。可即便我使出吃奶的劲头，即便我全力以赴，身体都紧贴在他挺拔的屁股上了，也只不过是把这个冰雕玉琢般的人儿摩擦出一道道的血斑。它根本没有污浊的痕迹，让人徒生亵渎天物的邪恶感。我渴望自己也如同管生一样的一尘不染。我甚至在去打球之前，就提前认真地清洗自己，为的只是不在管生的面前显出污秽。这就有种特殊的感觉了。我对于一个男人，产生出微妙的情感。这种情感我既陌生，又熟悉，充满柔情，令人心旌摇动。

　　我被自己的感受吓住了，心里所受到的震动，别人是难以想象的。但是我却不沮丧，不管怎么说，幸亏有了管生，否则我的日子一定又要晦涩难言。

　　我们在一个周末驾车去了松鸣岩。那是距离兰城不远的一处旅游景点，有山有水，还算绮秀。在路上，我们又说起了庞安。管生告诉我，庞安获得了一个国家级的舞蹈奖。我这才想起来，我和庞安已经有好多天没见过面了。

　　管生说："庞安完全有资格拿这个奖，就算庞大律师不去活动，她凭自己的实力，也完全够格。她跳得实在是好，有机会你一定要去看看她在舞台上的表现。"

　　管生言谈之中对庞安夸赞有加，却没有引起我丝毫的醋意。我们倒像是一对亲密无间的战友，而庞安，则是一个与我关系生疏了的朋友。

蝌　蚪

　　到了松鸣岩，管生提议我们跑上山去。他总是豪情满怀，似乎对自己的体力无限信赖。我仰望了一下葱茏的松鸣岩，深吸一口气说：

　　"跑就跑！"

　　我觉得我也挺有气魄的。松鸣岩的主峰不算高，但也绝对不算低了，山道崎岖蜿蜒，有的地方甚至称得上陡峭。我以前攀登过，即使缓步而上，也难免气喘吁吁。但是今天，我们却跑了起来。

　　正值初秋，我们在狭窄的山道上飞奔，身边的树枝如同迎面而来的急矢，纷乱地袭向我们。我们不由得叫喊起来，既是给自己加油，也是宣泄内心的激情。很快，我就觉得自己的嗓子冒出了烟。我甚至觉得，如果我用力向外呼出一口气，就会有一条火龙从我的嗓子眼蹿出来。如果没有管生，我一定就会瘫倒在地了。但是他在我前面健步如飞地跑着。由于坡度的关系，前方的他除了蹬踏出去的脚后跟，展现给我的，还有那个窄窄的屁股。它是那么有力，幅度稳定地摇摆着，成为了我必须追随的目标。

　　跑过身体的极限后我就觉得轻松多了。当然，我们的速度也缓慢了下来。我一边跑，一边欣赏起山上的景色了。初秋的松鸣岩啊，你就是一幅寂寞的画。跑到半山腰的地方，我无意中向下眺望了一眼。我看到了一个女人的身影，她正从另一条山道向下走。我又向前跑了几步，内心突然间轰鸣起来。

　　我遽然惊醒了，我刚刚看到的那个女人，她是我妈！

　　即使岁月荏苒，即使时光已经如流水一般无可逆转，但是我依然可以只在一眼之下就辨认出我妈，即使她留给我的只是一个背影，即使那背影已经如火柴一般渺小。

　　我大叫起来：

　　"妈——妈——"

　　我掉头向山下狂奔。我妈和我走的不是一条路，我绕过一个山

174

弯后，她就消失在我眼前了。但是我必须跑下去，起码我们的方向是一致的啊。我一边跑，一边声嘶力竭地叫着"妈"。身边的游客把我当成了一匹狂奔的野马，他们惊慌失措地闪在山道两侧，惟恐避之不及，被我撞下山去。他们留出道路，让我去追赶我的妈妈。

管生当然是尾随而来了。他不明真相，大约也以为我突然发疯了吧。

我们跑到了山下，但是那里却人海如沸。各类摊贩，各色人等，花花绿绿地充斥在我的眼里。我立刻明白了，我再也看不到我妈了。

我是被管生架进车里的。我已经彻底虚脱了，气若游丝。管生把我扶在后排的座椅上躺下，然后他趴在前排的椅背上，疑惑地凝视着我。我躺了足有十几分钟，才对他解释说：

"管生，我看到我妈了，她在走着下坡路。"

说完，我的眼泪就涌了出来。

管生伸出一只手抚摸在我脸上。他并没有去替我擦眼泪。他只是把那只手轻柔地放在我的脸颊上。

管生说："走，我们下去喝些酒！"

我们找了一家小饭馆。管生要了一瓶白酒。我们不是就着菜，是就着我的回忆喝起了酒。我对谁讲过我的成长呢？没有，我对谁都没有讲过。对庞安没有，对马斯丽更没有。但是，我开始对管生讲了。我对他说起了十里店，那些往事，比白酒更能令我眩晕。所以我很快就醉了。醉得不省人事。

我在恍惚之中，感到了一份克制的亲吻。它有一股青草的气息，淡淡的凉，淡淡的甜，包裹住我的唇舌。我依稀听到了管生的呢喃，声音微弱，仿佛鱼的嘤喋。他说：

"……嗯，蝌蚪……我们都是蝌蚪……"

这都是我的幻觉吗？谁知道呢。

# 三十三

我是越来越离不开管生了。我觉得，只有和他在一起我才不会郁郁寡欢；只有和他在一起，我才多少会获得一些自由的感受，多少成为一个摆脱了矫揉造作、禁忌、常规的无知无畏的人。

庞安和我的关系变得若即若离的。我们偶尔还会见面，偶尔还会去完成三明治式的做爱，"两个澡一个好"，这对于我，已经没什么好抱怨的了。

有一天我和管生去看一个画展，出来后却遇到了庞安。她背着一只巨大的帆布包，行色匆匆地迎面而来，一眼就看到了我们。

"嗯，你们果然在一起。"

庞安皱着眉头说。

她的这句话让我脸上发烧，心也怦怦乱跳。我好像被人抓住了什么尾巴，有些无地自容。

管生却一副光明磊落的样子，他轻轻地笑着，说：

"都是哥们儿，在一起才是正常的，不在一起才不正常！"

然后他就伸手去接庞安的大包，很自然地挎在了自己的胳膊上。他说：

"我们一起去吃饭，然后找个地方玩，走！"

庞安毫无拒绝的意思，立刻就跟着我们走了。我觉得他们的关系真是很密切。我甚至有些失落，觉得有些酸楚。我嫉妒了吗？如果是，那么我是嫉妒他们其中的哪一个呢？我不知道。这个问题在我心里被自己故意回避了过去。

我们一同去吃了很辣的火锅。我的失落感没有延宕很久。还在吃火锅的时候，我就与他们融洽起来了。我们三个人在一起，气氛反而很好。这应该归功于管生，他总是爽朗地笑着，像正当午的太阳，能够同时照耀着事物的正反两面，把阴影限制在最小的范围内。

庞安的表情也生动起来。和我在一起时，她总是一副若有所失的样子，心思如同鸟儿飞离了自己的身体。但是那天她的神态是专注的，至少在点锅时，她很清楚地要求上那种最辣的锅。

"越辣越好！"庞安说。

我被他们感染了，突然觉得，我的左边坐着庞安，我的右边坐着管生，这对于我，就是一种幸福。我觉得我们是一体的，结合起来，就都不孤独了。

天黑的时候我们找到了一家酒吧。我们在这家酒吧里一边玩猜傻瓜，一边喝啤酒。我发现我的心态果然变得健康了，在玩的过程中，可以很对等地与他们一争高低。我可以对着庞安说"你傻瓜"了。这样一来，游戏才变得紧张和刺激。庞安因此也很投入，都有些眉飞色舞了。并且，她还抽起了烟。这让我大吃一惊。

我说："哈，庞安你还抽烟啊！"

庞安冲着我吐出一口烟，笑呵呵地说：

"傻瓜，你不知道的事儿还多着呢。"

好像是为了配合庞安对我的评价，酒吧里突然灯光乍变，乐声四起，几个妖娆的姑娘冲上了中间的舞台。这本不稀奇，像许多酒吧一样，这家酒吧也有夜间表演。但我在这组舞动的姑娘中，却认出了一个熟人。她短裙长靴，舞姿奔放，在急速的舞动中也不耽搁打着长长的哈欠。我在心里叹息一声：这可不就是十里店的李鸣鸣吗！她何时来到了兰城？如何练就了这样的身手？她闪烁在光怪陆离的灯影里，用自己的存在向我说明：这个世界——我不知道的事儿还多着呢。好像李鸣鸣的出现依然不够力度，不足以向我昭示这个世界的包罗万象和变动不居——一名服务生从我眼前款款而过，他一只手极为专业地托着几瓶啤酒，另一只手得体地背在身后，若不是这只背在身后的手微微颤抖，我无论如何也不敢将他认作是我那曾经被打断了一条胳膊的语文老师唐宋。奇迹频现，我的心彻底降服了，不再一惊一乍。即便这一切都是错觉与幻影，那又如何？这个世界的本质与真相，正如庞安所说：我不知道的事儿还多着呢。

我承认自己对世界知之甚少，唯有安心埋头猜我的傻瓜。

我们玩了很久，其乐融融。出来时已经是深夜了。我们站在路边打车的时候，庞安突然说：

"我爸！"

我和管生闻声回过头，看到离我们十几米的地方停着一辆车，一个姑娘正弯腰往车里钻。我不由得也发出一声低叫：

"马斯丽！"

然后那辆车就开走了，像一条鱼，游进了漆黑的海洋。我们站在那儿愣了好半天。

我对庞安说："我看到马斯丽了，可是没看到你爸呀。"

庞安说："他已经钻进车里了。"

管生说："不会看错吧？天这么黑。"

庞安说："没错，那辆车是我家的。"

"马斯丽怎么会和你爸在一起呢？"

我有些不解，还想对庞安问下去，却听到管生对着庞安嘀咕了一句：

"如果真是马斯丽，那她坏了规矩。"

规矩？我感觉他们之间似乎是在用一种地下组织的切口在沟通。而我，有什么可说的呢？在这个夜晚，我承认自己对世界知之甚少，并且安于这样的处境，毫无探究的热情了。

这一幕败坏了我们的情绪，庞安失神地眺望着街头，大家都沉默下来了。回去的路上，我想是否该把庞安带到我那里去，但这个念头一闪即逝，我还是决定把他们一起送回歌舞团。我是突然觉醒的——我依然没有融入这座兰城，它那黑暗的核心秘密依然为我遥不可及。

# 三十四

　　不错，马斯丽的确是和庞律师搞上了，她坏了"规矩"。我觉得这是个坏事情，不管那个"规矩"是什么，起码，破坏了它，会让庞安不开心。而且，它也的确是个坏事情，它导致出的结果，最后居然成为了一场席卷一切的风暴。可当时我并不知道。谁知道呢？我想那天晚上我们三个人站在马路边，目送着他们游进黑暗的海洋，谁也没有预料到后来的灾难。

　　所以，几个月后，有一天我突然接到了庞律师的电话，他约我出去谈一件重要的事情，我就没有把他的约请与马斯丽联系起来。我认为，庞律师要跟我谈的无外乎就是庞安了。那么他要跟我谈什么，是要求我离开庞安吗？这是唯一合乎情理的假设。我是这么想的：他要求我离开庞安，甚至什么理由都不需要，只针对我的长相，就足以令他厌恶我。我的心不免混乱。如今我对庞安的感情变得似是而非，我自己都不知道，我究竟是否还迷醉地眷恋着她。因此，如果庞律师提出那样的要求，我就将难以答复他。我首先需要面对的，是自己的内心。

　　我们约在一家茶楼见面。庞律师提前到了，他坐在一间雅室里等我。

这是我第二次见他，在我眼里他依然还是个陌生人。我觉得这个陌生人更健壮了，似乎黑了不少。我记忆中的那截铁塔变成了黑铁塔，而且，我愈发将他视为某个地下组织的教父了，将他臆测为一个冷酷狡黠，能够催眠般控制一班人马的人。也许，这照样是我那异彩纷呈的幻想癖在作祟，但我真的预感到了某种不祥的凶兆。

　　我心情紧张，在他面前坐下，连头都不怎么敢抬。他递给我一支烟，并且叭的一声为我打着了火，把火苗凑在我眼皮下晃荡。这样我就不得不正视着他了。他用火把我的头给烧得抬了起来。那就只好让他看着我的脸了。看吧看吧，的确很像那个太平洋岛国上的家伙吧？我觉得自己像一个自暴自弃的罪人，正在等待审讯。而他，也的确像一个法官。他的神态是沉思着的，眼睛眯成了一条缝，整张脸藏在缭绕的烟雾后面，让我们的对峙更像是一次地下组织正在执行纪律的场面。

　　我注意到了，茶桌上的那只烟灰缸已经盛满了烟头。我想庞律师与那个太平洋岛国上的人，他们之间也有过相同的一幕吧，一个审讯，一个被审讯，气氛压抑，烟雾弥漫。我不免在心里权衡了一下，我认为自己的罪孽没有那个家伙深重，他和庞安的关系甚至有乱伦之嫌，而我，就显得清白多了，即使坏了"规矩"，也坏得不那么严重。这样一想，我才坦荡了一些。

　　庞律师开口了。他的声音即使压得很低，在我听来也依然洪亮。他洪亮地叫了我一声：

　　"小郭！"

　　我刚刚松弛下来的心就又绷紧了。

　　他说："小郭！今天约你出来有些冒昧，希望你见谅。"

　　我感到受宠若惊，反而不会客气了。

　　庞律师说："我们开门见山吧，坦率一些。我今天约你来，是想

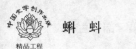

请你帮帮忙。"

"帮忙?"我说,"我能帮你什么忙呢?"

我觉得这有些可笑。

但庞律师的表情非常严肃。他很坦率,坦率到令我敬佩的程度。他直奔主题,毫不虚与委蛇地告诉我:他和马斯丽发生了关系,而且被马斯丽纠缠住了。马斯丽开始要挟他,要求成为他的夫人。他把马斯丽叫小马。

"小马说她怀孕了,但也不一定。"他说,"她用她的肚子要挟我。"

我认为不需要他更坦率了,我已经充分理解了他的困难。我太了解马斯丽了,对于她的作风和她坏"规矩"的能力,我是有发言权的。

庞律师吐出一大口烟,把自己的脸隐藏住,底气很足地说:

"如果我不是走投无路了,我不会来找你的。"

我相信他的话。我始终认为他是个很有办法的人。不是吗?他可以让年轻的庞安做上歌舞团的副团长,可以让庞安获得国家级的奖。在兰城,他是赫赫有名的大律师,几乎打得赢所有经手的案子。而且,他还体格健壮,即使徒手搏斗也干得过三个我这样的。但是,如今他遭遇了马斯丽,以致将那个太平洋岛国上的宿敌都忘到九霄云外去了。

马斯丽,我不禁为你骄傲,你这个具有马背民族血统的姑娘,正是这个黑教父的对手。

我说:"你不能给她些补偿吗,比如说,给她一笔钱。"

说完我就觉得有些滑稽了,好像我也是个懂"规矩"的人。

"她不要钱,她只要我。"庞律师挥挥手,"钱都好说,我倒是可以给你一笔钱,需要多少,你随时来拿。"

我说："我要你的钱干什么啊？而且，我怎么帮你呢？"

庞律师说："我了解过了，你和小马谈过恋爱，是吧，是这样的吧？"

我说："是。"

庞律师说："现在，你是和庞安谈恋爱吧？"

我迟疑起来。因为我拿不准我和庞安之间，如今是不是一种恋爱的关系。而且，在庞律师的两句话里，我就跟两个女孩谈了恋爱，这多少让我有些尴尬。

庞律师说："你只要让小马重新回到你身边，并且继续和她谈一年的恋爱，我可以向你做出保证，一年之后，我就让庞安嫁给你。"

这是什么"规矩"？我几乎不能够相信自己的耳朵。这种"规矩"完全在我的经验之外，我在一瞬间无法对它做出是与非的评判，我只是觉得它太神奇了。管生曾经鼓励我说：庞大律师下次也许会提高奖金的数额了，郭卡你要努力，说不定下次中奖的就是你！那么，管生的预言如今兑现了。庞律师果然提高了奖金的数额，而且我的确有了中奖的希望。我想我那时的表情，一定也像个白痴吧，如同当初马斯丽表演给我的一样：双手摊开在桌面上，却不能言语，持续地不能言语。

庞律师非常镇定。他在对我讲述自己的困境时都面不改色，始终稳如磐石地端坐在那里。他理直气壮地说：

"你和小马谈过恋爱，据我观察，她对你还是有感情的，你完全有可能让她重新回到你身边，嗯，完全有可能！"

庞律师表现出的那份理直气壮，我并不陌生。我曾经无数次地在郭有持脸上看到过。比如当年，郭有持把手里的菜刀塞向我妈时，就是这样理直气壮的。想到了郭有持，我就空虚起来。对于那个爹，我颇有心得，面对他的手段，心中毫不迟疑便会报以愤怒与蔑视；

但对于眼前的这个爹，这个被教养与体面武装起来的爹，我却毫无经验。毋宁说，我已经长期被那种"兰城"的神话驯服了，迷信它，屈从它，甚至被它奴役，所以，眼前的这个爹即使露出了与郭有持毫无二致的面孔，我也难以立场坚定地找到合宜的心情。

世界仿佛在我眼前转过了身体，把它荒蛮的背面朝向了我。我已经很久没有面对过世界的背面了。我以为我来到了兰诚，就会永远地被世界正面对待了。而世界一旦向我转身，我就觉得自己像花粉的颗粒一般渺小了。

是啊，我遇到了一个巨大的难题。其实，这个难题本来不应当是属于我的，它应当属于庞律师。但这个黑教父不由分说地把它推给了我。对此，我也可以置之不理，袖手旁观。但我不是个心地宽阔的人，这个难题一旦找到了我的头上，势必就会令我坐立不安，就像落在水里的石头，必定会激荡出涟漪。最令我担忧的，当然是庞安。她知道吗？马斯丽正倔强地要成为她的后妈，而她的爹，正在用她和我做着理直气壮的交易。

我怜惜起庞安，她有可能被损害，这个事实令我心如刀割。我对她的情感，本来已经好像变得似是而非了，但如今又很奇怪地重新清晰纯粹起来。

从前庞安之于我，是在云端的，如同兰城之于十里店。如今，当我们两个人的爹在我心里重叠起来，我立刻觉得我们之间的落差消失了。我们共同被那种爹的存在所戕害，这让我觉得，我和我的庞安，是那么的亲。

我又在心里这样呼唤她了：我的庞安！

我没有办法解决这个难题。我想过，把这个难题告诉管生，让他来出出主意。但最终我还是否定了自己。兰城在我眼里越来越陌生，而管生，终究是属于兰城的吧？知道它的黑幕，了解它的规矩，向他求教，没准只会提醒他，我终究只是这座城市的寄居者，像个白痴一样的一窍不通；我也想过，直接去和马斯丽谈谈，对她作出正面的劝说。但这无疑也是行不通的。我和马斯丽曾经为了那条项链有过类似的交涉，结果是一败涂地。马斯丽连那条项链都不轻言放弃，何况一个黑教父式的庞律师。

我都不太敢见到庞安了。一见到她，我就被悲伤的情绪笼罩住。而不见庞安，突然变得困难起来。

庞安大约也隐约地感到了某种汹涌的暗流。她突然对我依恋起来，几乎天天都要和我见上一面，而且不断地把一些东西转移到我那里去，有书，有CD碟，还有几只箱子，不知道装了些什么。那架势，就是要跟我同居的样子。我们当然会做爱，但大部分时间只是相互依偎着。我们的语言依然很少，各自发着自己的呆。

# 三十五

就在这个时候，郭有持来到了兰诚。就像一出排演好的戏，他踏着鼓点粉墨登场了。

那天我带人出去拍了几个外景，回到电视台门口，就被一个同事拦下了。

他说："郭卡郭卡，你爸来了！"

我一下子没有反应过来。

他又说："哎呀，你跟你爸长得可太像啦，都不用去做DNA检查！"

这下我就听明白了，心脏一阵过速的乱跳。

我在电视台外面徘徊起来，转了大约有十分钟左右才鼓足勇气上了楼。

我果然看到了郭有持。这个镰刀一样弓着背坐在我椅子上的人，除了他还能是谁呢？郭有持看到我的第一眼，就冲我做出了一个鬼脸。他的面部神经跳动着，让人看不出是喜是悲。尽管我已经充分估计到了郭有持对抗岁月的能力，但是，当他如今依然镰刀似的出现在我面前时，我还是暗自吃惊。我认真地检查了一下这个人，眉也还是那条眉呀，眼也还是那只眼，经年不散的那股子邪气，即使在我空气清新的办公室里，都散发出那种类似硫酸的气味。他依然时髦，追随着时代的潮流，如今穿着休闲裤和一件连帽的灰色卫衣，那颗斑秃的头刮得锃亮，像一个有些内容的老朋克。他很早就老了，所以，也就永远不会更老了。

我也不知是喜是悲。我已经和郭有持分别多年。我只在工作后给他写过一封信。我在信中言简意赅地告诉他，我赚钱了，不需要他再给我汇款了。我想过他吗？当然是想过的，我曾经无数次在夜不能寐的时候追忆十里店的一切，想到家庭，想到徐未，当然少不了想到郭有持。他的镰刀脸，他的镰刀作风，都让我其后的梦里刀光剑影般的铿锵。我对他只是想起，完全谈不上想念。但是如今他站在我面前了，我的眼泪还是涌了出来。我认为那是时光酿造的眼泪，它没有清晰的来源，它被荏苒的时光酝酿着，独立在我的意识以外。

"你住哪儿？"

这是我对郭有持说出的第一句话。

因为我首先想到了庞安。庞安已经往我那儿搬东西了，给我的感觉是她随时都会住下不走了。所以我格外关心郭有持的住处。如果他要在我那儿落脚，这似乎也是天经地义的事，但那样一来，我就是真的遇到大麻烦了。直截了当地告诉庞安"我爸来了"，然后把郭有持推荐给庞安，并让他们相安无事地都睡在我的身边，这种局面我是想都不敢去想的。庞安已经为我的容貌震惊不已了，再给她推荐一个郭有持，我的庞安不神经错乱才怪。她会以为上帝喝醉了，才将这个世界上的男人都弄成了林楠的模样。

郭有持理直气壮地回答我：

"当然是住你那儿了！"

是啊，这还有什么好说的，他当然是住我那儿了！我灰心丧气

到了极点，又语无伦次地问他：

"你怎么来了？"

郭有持更理直气壮了。他说：

"我怎么就不能来了！老子来看儿子，还需要理由吗？"

我的气势在郭有持面前迅速崩溃。这说明，流水一般的时光非但没有锈蚀了他，反倒把他这把老镰刀打磨得更锋利了。而且，流水一般的时光也没有使我变得强大，它除了给我蓄积出了眼泪，并没有给我蓄积出力量。郭有持，依然是我难以抵挡的一把镰刀。我在他面前，依然只有顺从。

我借口出去办事，实际上我是去给庞安打电话。我在电话里对庞安说，我要出一趟差，是台里突然决定的，而且走得非常急，马上就走，一会儿就走！庞安在电话那头一言不发。那种沉默太令我绝望。我觉得世界一下子都变得安静了。然后我关了手机，决定和世界中断联系。

郭有持跟着我回家。在路上我才发现，他脚蹬登山鞋，背着一个鼓鼓囊囊的大双肩包，一副驴友的派头。在我看来，那架势也是要扎下根来的样子。这个发现让我心跳失常，一股不祥的预感包裹住了我。

后来我才知道，我离开十里店后郭有持过得并不顺利。十里店日新月异地发展起了经济，许多新生的力量伴随着新生的事物涌进十里店。这些新生的力量，渐渐地令郭有持的菜刀黯然失色。在飞扬跋扈的财富面前，郭有持的冷兵器成为了挡车的螳臂。而且，他还失去了所有的同盟。王飞和李响这些曾经的朋友，都与他划清界限。尤其是李响，在得知郭有持居然睡了李鸣鸣后，简直就对他恨之入骨了。在李响的操纵下，郭有持的歌舞厅很快就被查封了，理由是现成的——那里有色情交易。尽管十里店的每家歌舞厅都有色情交易。郭有持当然会斗争。但此时他已经难以在十里店翻云覆雨了。时代不同了，对手们的背后是庄严的法律。没有人再会和他用菜刀的方式对决了。他扑过去，却感觉不到对手的存在，而一回身，就发现法律的枪口在喝令他"举起手来"！最终，他完全是依靠着郭镰刀的余威，才勉强经营起一家小超市。我在大学的最后两年，实际上就是靠了这家小超市读完的。我收到的那些汇款单，是郭有持一瓶瓶酱油，一袋袋盐卖出来的。

这些都是后话，当郭有持突然找到兰城来时，我是不了解这些情况的。我以为他依然在十里店呼风唤雨呢，所以就不能理解他跑到兰城来干什么。而且他还背了那么大个双肩包，也不知道装了些什么玩意儿。他完全不像转一圈就走的样子，给我造成了莫大的心理压力。

郭有持进门后就在我的屋里巡视起来。他一边看，一边品头论足说：

"还不错还不错，卡子你住得比我强。"

我觉得他这么说别有用心，怕他就此找到了长期扎根的理由。

我说："你在十里店肯定比住在我这儿更习惯。"

"我住哪儿都习惯！"郭有持翻着眼睛说，"我就是想来看看你，马上该过年了。"

我这才想到的确是快过年了。我不禁暗暗叫苦。我担心"过年"这个充分的理由，无疑会增加郭有持住下来的正当性。

我煮了两包速冻饺子招待郭有持。

郭有持问我："有酒没？"

我说："有，有红酒。"

郭有持说："我要喝白的。"

我说："那没有。"

郭有持说："买去呀!"

我就只好下楼去替他买了瓶白酒。

我这儿没有喝白酒的杯子,他就倒在酒瓶的盖子里喝。好在那酒瓶盖子足够深,倒满了恐怕能有二两酒。他一口就喝了一盖子。他喝了酒,目光就变得锐利起来。他盯着我说:

"卡子,你不会是嫌我烦吧?"

我哑口无言,心里慌张起来,只好垂着头不去看他。正在这时管生却来了。我打开门,他就嚷嚷道:

"哎呀!庞安说你出差了,我就知道你在家。"

我只能请他进来,他一眼看到郭有持,不禁愣住了。郭有持也在看他,我都感觉到了,那眼神像两把弯弯的小镰刀,从头到脚地把管生刮了一遍。然后郭有持就不理不睬地吃起饺子来。我不知道该怎么给他们介绍。其实我也不需要介绍,管生只要看郭有持一眼,就能猜出我们之间的关系。可不是吗,我们这对父子,都不用去做DNA检查。管生大约被郭有持两把小镰刀似的眼神割疼了神经,他向我意味复杂地笑了笑,转身走了。

管生的脚步声还在耳边,郭有持就对我说:

"卡子,刚才这家伙是只鸭子。"

我的脸腾地红了,滚烫滚烫的。我当然知道鸭子的含义是什么。郭有持凭什么作出这样的结论呢?我不能不感叹他的犀利,同时感到无地自容。

郭有持把一瓶白酒都喝光了。他的眼皮渐渐耷拉下去。

我只有一张床,和我共同睡在这张床上的应该是我的庞安,甚至是马斯丽,甚至是一只鸭子!但无论如何不该是郭有持。所以,我只有把床让给了郭有持,自己抱了条被子去睡沙发。那时候还很早,天刚刚黑下来,我趴在沙发上,自然辗转反侧。我依然没有从恍惚中缓过劲来，郭有持的到来让我坠入梦境。我们已经有着长达多年的分离。对于我而言，郭有持几乎只和回忆有关了。而此刻一个回忆睡在我的大床上，这个事实我还不能够完全相信。我彻夜未眠，只在天快亮的时候迷迷糊糊地睡过去了一会儿，但很快就被郭有持吵醒了。他突然凶猛地咳嗽起来，咳——嘿——哈——咳——

那声音很折磨人，令我都禁不住跟着使劲，觉得有一口痰壅塞了呼吸。

我爬起来去上班，已经出了门，又回到屋里，把身上所有的钱都留在客厅的茶几上。我这么做没有什么明确目的，是暗示郭有持什么吗？谁知道呢。我明确感到的只有疲倦。彻夜未眠并不足以令我疲倦，是郭有持的到来令我身心憔悴。

可是我没有料到，郭有持只在我的大床上睡了一夜就消失了。

我刚到电视台就接到了庞律师的电话。他打不通我的手机，直接把电话打到了我的办公室。他等不及了，在电话里敦促我迅速把马斯丽骗回身边。

"小郭啊！我发现你根本没有采取行动嘛！"

对我而言，这个黑教父的口吻有股谴责的味道，仿佛我真的加入了他的组织，真的和他达成过协议，如今却坏了"规矩"一样。

我鼓足勇气说：

"这件事情我是无能为力的，你再想想其他的办法吧。"

"小郭！"庞律师大喝了一声，令我振聋发聩。

他说："我是信任你的，所以才诚恳地请你帮忙。我们都不希望庞安受到伤害吧？可是现在，小马闹得越来越凶了，庞安已经感觉到了问题，我害怕她会出什么意外！"

庞律师的这番话太有效了。放下电话，我就决定去和马斯丽谈谈了。至于和她谈什么、怎么谈，我却是一点准备都没有。我拨通

了马斯丽的电话，恍恍惚惚地对她说：

"我们见一面吧，我有事跟你说。"

马斯丽声音异常，她似乎刚刚经历了剧烈的运动，气息非常紊乱：

"嗯嗯……我去你那儿吧……"

她的声音像一个悠长的喘息，我以为她还有什么要说，没料到她却挂了电话。

我有些茫然。我从来就不善于处理复杂的事情，但复杂的事情却在这段日子此起彼伏。

我点起一支烟，试图令自己的思绪清晰一些。我一闭上眼睛，就看到了一团红光直刺而来。我的眼球似乎都受到了一股力量的冲击，突突地跳起来。这也许是一夜未眠的结果，但我心里咯噔一下，跳起来就往回跑了。

马斯丽在电话里说她要去我那儿，而我那儿，现在盘踞着郭有持。我下意识地就判断出，这两个人是非常不适合谋面的，尤其在这个非常时刻。

当我回到家后，马斯丽并未出现，而郭有持，也不翼而飞了。我找了一圈，发现我放在茶几上的那些钱纹丝未动，郭有持的那只双肩包却消失了。是的，他走了。我一屁股跌坐在沙发里。知道吗？我在那一刻，又感觉到了仿佛的苍老与厌倦，而我在十三岁的时候就体会到了，恐惧的滋味，有时候就是苍老和厌倦的。

我太了解郭有持了。从小，他就给我上演着万花筒般的咄咄怪事，他的出其不意在我眼里是司空见惯的事情，所以，我感到了悸动不安。

# 三十六

　　郭有持在过年的前夕来到了兰城，事后，我想象过他出门时的情景：他在那天早晨起来，突然就对自己的生活感到了厌倦，他也感到了苍老，但是他的厌倦与苍老，和恐惧无关。他或者会有一些惆怅，面对着小超市里的油盐酱醋，那些亮锃锃的，镰刀般的光荣岁月，突然像花朵一样在他胸中绽放。追忆令他伤感，时光令他怅然，于是他决定撂下他的小超市，去兰城散散心……

　　我这么去想象，不是凭空而来的，因为，不如此分析郭有持来到兰城时的心态，就不足以解释他其后的行为。我想，他是寂寞得太久了，他这把老镰刀经不起那么久的尘封。是镰刀，总是要去收割的，只有在收割的时候，一把镰刀的尊严才会焕发出来。

　　我跌坐在沙发里，明白马斯丽已经来过了，并且，她还带走了郭有持。长于虚构，这是我的强项，我可以想象郭有持与马斯丽见面的情形——

　　郭有持多半会把这个漂亮姑娘挺着的肚子和我联系在一起。他会这样自我介绍说：

　　"啊呀，我是郭卡的爸爸呀，啊呀啊呀。"

　　他啊呀啊呀的，也许是源自眼前这个大肚子给他带来的喜悦。

蝌 蚪

　　马斯丽当然会有些不明就里。她正处在非常时刻，智力没准都会打了折扣。于是，一番不知所云的自说自话后，这两个人终于发现双方对这个肚子里的产物，认识是不同的。弄明白后，郭有持会有些失望吧？他会失望到什么程度，这一点，我难以推测。我估算不出郭有持对于一个孙子的盼望会达到怎样的程度。但是，他显然是失望了，有种落寞的心情。于是，其后与马斯丽的交流便敦促他焕发出了别样的激情。马斯丽呢？是什么情绪使得她对于这个陌生的老朋克一吐衷肠呢？这似乎也是不难理解的。如今的马斯丽，正是一肚子心思，有个貌似有些内容的老朋克可以倾诉，多少也会是种释放与宣泄吧？然后，可以想见，郭有持就觉得自己有事做啦！

　　我认为这两个人一拍即合，几乎就是水到渠成的事。他们就像两粒火石，或者两截裸露的电线，一经碰撞，就会产生出火花。我只是惊讶于他们产生共鸣的速度。从我和马斯丽通话，到我赶回家来，最多只有一个小时啊。然而，他们已经达成了共识，双双离开了。

　　他们要做什么？携手回到十里店，躲到我家那道白色的帷幕后面吗？不会的。马斯丽不是李鸣鸣，马斯丽见多识广，她九岁进艺校，练了十七年的功，跳了十七年的舞，几瓶啤酒是搞不定的。那是十里店的水准。而在兰城，混血的马斯丽瞄准的是大块头的庞律师。没错，他们携起手来，目标只能是那个同样理直气壮的庞律师。这是不言而喻的。我不能不佩服马斯丽的眼光，她真的明白这个道理：和不同的人，要运用不同的语言。也许，她还比当年的赵群副厂长幸运，因为天降奇兵，她遇到了最佳的人选。让郭有持去对付庞律师，肯定比用她的肚子有效得多。郭有持是最善于解决复杂事情的人，他的理直气壮，是一点也不逊于庞律师的。

　　那么，马斯丽是如何打动郭有持的呢？也许，她就不用去做额

194

外的努力，就像当年，面对横行霸道的煤贩子，根本无需十里店的人民翘首以待，郭有持这把老镰刀，本身就是跃跃欲试着的。年关将近，郭有持正在寂寞的颓废时刻，他会自告奋勇的。而且，他也习惯在我的世界里横插一刀了，就像当年，顺风顺水便领走了李鸣鸣。

在我眼里，这几条错综复杂的线头终于合并在一起了，它们正编织出危险的形状。我接连不断地拨打着马斯丽的电话，结果都是已经关机的提示。

他们就这样从人间蒸发了。过去了一个多星期，他们都杳无音讯。

年关将至，兰城的治安状况周期性地恶化，违法活动激增。尤其是摩托车劫匪疯狂作案，他们风驰电掣地驶过兰城的大街小巷，明火执仗地抢走女人的背包和项链。警方提醒大家，走在街上时不要靠近车道。于是，兰城的街上尽是些畏手畏脚地挤在建筑物边贴行的女人。协助警方宣传严打声势，也成了电视台的任务，兄弟栏目人手不足，临时将我抽调了过去，报道有关的法制新闻。天天奔波在罪案现场，我的心也跟着更加地动荡不安。西北风不仅将街道上正告各类犯罪分子的横幅刮得猎猎飞舞，同时也刮来了周边工业区的烟尘和煤灰。我稍微耸耸鼻子，就能认出这股风是从十里店而来。

终于，可怕的事情发生了。庞律师突然失踪了，他在自己办公室里接到一个电话，然后就出去了，结果一去不复返。这个消息是管生带给我的。他跑到我的家里，喜气洋洋地告诉我：

"庞律师失踪了，已经三天啦，而且，马斯丽也跟着一起失踪啦！"

我觉得他的语气挺快乐，好像是和风在宣布着细雨的消息。

　　我居然有种水落石出的感觉。因为我终于结束了痛苦的等待。但我当然不会感到快乐，我只是身心涣散，变成了一个空空如也的躯壳。

　　我和管生来到了庞安家。这座老宅院在冬天里尽显落寞，它的高大与陈旧，正适合彰显冬天的萧瑟。

　　庞安正在接受公安的询问，她已经报了案。那几名公安都身着便衣，让我备感压力。我甚至觉得，他们就是当年去电厂附中盘问我的那拨人。在我看来，现实与往昔没有了区别，它们混淆在了一起，这是岁月玄秘的因果。

　　庞安坐在一把中式的木椅上。那把椅子散发出的幽暗之光把我的庞安整个吞没了。她仿佛被吸附在了不可挣脱的旧时代，给我的感觉是，如果她站起来，那把椅子也会随着她一起站起来，并且，时光也会遽然倒流。她看到了我，眼神中闪烁的惊喜令我沉痛莫名。她以为我还在外地出差呢。我想走到她身边去，握住她的手，给她温暖和力量。但是一名公安拦住了我，对我说：

　　"你是郭卡？"

　　我立刻害怕了。好在并没有像当年一样地恸哭起来。我说：

　　"是的。"

　　公安说："你来一下，我们到外面说。"

　　我和这名便衣公安来到院子里。同时，管生也被另一名公安带了出来。我们相隔只有十几米，却仿佛遥遥无际。我们分别被人质问着。这令我们的到来有些自投落网的味道。

　　我的公安问我："你认识马斯丽吗？"

　　"认识吧。"

　　我回答得很含糊，因为我的注意力全在管生那里，我在想他的公安会问他什么。管生显然也心不在焉，他也在看我，当我们的目光交织在一起，就有种妥帖的安慰。

公安说："你明确回答，认识还是不认识。"

我说："认识的。"

公安说："你们之间是什么关系？"

"我们谈过恋爱，"我补充说，"不过已经不谈了。"

公安说："你最近和她联系过吗？"

我说："没有吧。"

公安说："你们最后一次联系是什么时候？"

我迟疑了，拿不准该怎么回答。我说：

"让我想想……嗯，大约是一周前吧。"

公安说："为什么事联系呢？"

我说："没什么事，只是想一起出去玩玩吧。"

公安说："去哪儿玩了？"

我说："哪儿也没去，我根本没见到她。"

公安说："没见到？为什么？"

我说："她根本没来。"

公安说："为什么？她为什么没来？"

"我哪儿知道！"

我居然被他问火了。这真是非同小可啊，我居然会对一个便衣公安发火。

"好，我问一个你知道的。"公安不动声色地盯住我，"你和庞安是什么关系？"

我说："我们是朋友，噢，她是我女朋友。"

公安说："你对你的女朋友说你出差了？"

我觉得自己流汗了，那汗真的是冷冰冰的。我说：

"是，是的。"

这次公安不再发问了，他义正词严地指出：

"你对她撒谎了！"

见我无言以对，他又开始有力地质问了。他说：

"为什么？你为什么对她撒谎？"

"不为什么，我只是想骗骗她。"

我回答得有气无力。

"这是理由吗？"

公安的语气没有像我估计的那样严厉起来，他反倒变得温和了。他们真是神出鬼没啊，弄得你七上八下，一无所依。

"好吧，我们先谈到这儿吧。"

他出其不意地终止了问话。

我呆呆地向外走，却被他叫住了。他说：

"你不进去看看你的女朋友？"

我如梦方醒，赶快回头向屋里走。我的那副样子实在是破绽百出，值得怀疑。

这时候院子另一头的管生叫了起来：

"你们根本不用查，庞律师不会有危险，他一定是和马斯丽私奔了！"

我看到他的那名公安笑了起来，然后也声音响亮地说：

"嗯！我们会考虑你的意见的！"

我和管生一同回到了屋里。庞安接受的询问也结束了，此刻她和那几名公安喝起了茶，好像一家人一样。我不知道该怎样安慰庞安。我终于体会到了什么叫做众目睽睽。我觉得，这些便衣公安都有着一双雪亮的眼睛，在他们的注视之下，任何举动都会变成蛛丝马迹。

管生似乎看出了我的艰难，他对庞安说：

"庞安你不用担心，庞律师很快就会有消息的。我和郭卡先走了，过几天再来看你。"

庞安看看他，又看看我。我觉得她并没有像我预料的那样忧伤，她的表情波澜不兴，如同沙滩面对淹没它的海浪一样。而且，那平静的下面，似乎还不时闪现出一丝投身游戏般的兴奋与狡黠。是的，我对这个世界知之甚少，我对这个世界知之甚少。我决定先离开这里。我怕再待下去，最终会糊里糊涂地被公安们带走。

我们从庞安家出来，我心事重重地对管生说：

"他们可能怀疑上我了。"

"怎么会？"管生拍拍我的肩膀说，"简直是杯弓蛇影，这和你有什么关系？"

我依然不能释怀。唯一令我感到宽慰的是，公安并没有对我提及郭有持。我想，也许真的是我杞人忧天，郭有持和这件事情毫无瓜葛，他也许已经回到十里店了，或者真的成为了一名驴友，正跋涉在去往远方的路上。

但是我的这个安慰很快就破灭了。我们走在路上，我的手机突然响起来。号码是陌生的，但传来的声音却是马斯丽的。

"是我，"她说，"你转告一下庞安，她父亲很安全，让她不要弄得满城风雨。"

我说："来不及了，她已经报案了。"

马斯丽停顿下来。我听到，她在电话那头和人商量着什么。接着，我听到的就是庞律师洪钟一般的声音了。

他说："小郭，你一定不要让庞安把事情闹大，她是故意这么做，她是想让我出丑哇！"

他怎么能这么说呢？我大惑不解，同时也很生气。我说：

"那你跟她直接说吧，为什么要我转告？"

"他们不让我给家打……"

庞律师的话还没讲完就被人夺走了电话。

马斯丽说："郭卡，你劝劝庞安，这么做对她，对她父亲，都没什么好处呀！"

说完她就挂了电话。

我已经傻了。因为我知道了，那个我虚构出来的局面在现实中兑现了。郭有持必定参与了这件事情。庞律师显然受到了限制。限制他的，显然不只是马斯丽一个人。他在电话里说"他们"了，那么除了郭有持，谁会是那个"他们"呢？我不知道郭有持使用了什么手段，可以把黑铁塔似的郭律师控制住，想必，那一定是不正当的手段了。

我们通话的时候，管生一直瞪大了眼睛看着我。此刻，他急切地问我：

"是马斯丽？"

我点点头。

他说："我说嘛，他们在一起吧？那些公安真是瞎操心。"

我不知对他说什么好，心情已经糟糕透了。

"你爸爸呢？"他突然问我，"走了没有？"

我说："走了走了。"

他说："那我去你那儿陪你住几天吧，你脸色真难看！"

其实我多希望管生可以陪着我，但是，那些便衣公安的身影始终飘荡在我眼前，将我弄得十分不安。我害怕管生也卷入这团乱麻之中。我因此回绝了他，自己一个人回了家。

# 三十七

　　如果我在那天果然回到了自己的家，把自己关起来，对这个世界置若罔闻地去睡上一觉，那么这个事件就会以另外的方式结束吧？然而，即使我浮想的事物常常未卜先知地应验，但你也得承认，那只是更加说明了，总归会有那么一双大手操控着覆水难收的一切，就像当年，我鬼使神差地写下了那篇给郭有持招致了一枪的作文。

　　那天，我本来已经走到自己楼下了，却突然脚步踟蹰。我那颗优柔的心，命令我掏出手机回拨了马斯丽打来的那个号码。手机里嘟嘟响了很久，马斯丽才接听了。我没有等她开口，就虚张声势地说：

　　"你让郭有持听。"

　　不错，我就是叫的"郭有持"。我想，我的这个称谓也令马斯丽感到了诧异，如同当年，我对着询问我的便衣公安直呼郭有持的大名，就搞乱了他们一样。我这样做的效果在于，不给马斯丽留下抵赖的余地。

　　电话那头好一阵安静，终于，我听到郭有持的声音了。他并没有对我说话，他对着我一通地动山摇地咳嗽：咳——嘿——哈——咳——震得我耳鼓嗡嗡作响。我觉得他是故意的。他也许就是把嘴紧贴着电话，让他咳嗽的声波丝毫不受损失地传递给我。我忍受着折磨，坚持聆听着他的噪音。但是他停止下来后，依然没有对我说话。手机里传来的依然是马斯丽的声音。

马斯丽说："郭卡，这事和你没关系。"

我愤怒了，心头的火苗一直烧到了嗓子眼。我甚至也咳嗽起来，我说：

"屁！你们在哪儿？我必须见到你们！马斯丽你不要做糊涂事，便衣公安不是吃素的！"

马斯丽强辩道："糊涂屁！我不怕，我解决自己的事，公安管不着。"

"管着管不着你说了算数吗？"我几乎是恳求她了，"你告诉我你们在哪儿吧，我们见面说，解决问题的方式很多，你不一定非要采取极端的做法。"

马斯丽动摇了，我可以感觉到她的迟疑。也许，她从自己的经验出发，会觉得我是个毫无威胁的人吧，即使找到他们，也不足以坏了她的好事。因此，沉吟了片刻后，她对我说出了他们的下落。

我站在自己楼下，却是过家门而不入，直接上了一辆出租车。我认为，这依然是岁月玄秘的因果。我的行为，符合着最纯粹的宿命的规律。郭有持这把镰刀永远耀武扬威地向着世界讨还它的公道，如今，世界那一种更加恢弘的存在终于对他拉开了天罗地网。这时我已经被人跟踪了。便衣公安当然不是吃素的！在他们雪亮的眼睛里，我有充分的理由成为一名嫌疑人，他们早已经对我进行了布控。

我得到的那个地址在兰城的北面。我坐在出租车里经过那几条铁轨时，心里想起了小白。她是我曾经的女朋友。小白没有对我说过她居住在道北，但生长的痕迹终究会渗透进每个人的骨头里。我不知道小白的身世，但嗅到了那种"道北"的气息。所以，我们还是分手了。现在我想，我自己骨头里，也有着那种"十里店"的气息。我没有沾染上十里店的暴戾，却充分吸纳了它的卑下。多年来，我对兰城，对兰城代表的一切，不假思索地全盘向往，说是摇尾乞怜也不过分。然而即便如此，我也依然被兰城所摒弃。如果那时候，我刚刚大学毕业，就能够和小白这样的姑娘惺惺相惜，也许，现在我已经成为了一个平凡的父亲，已经获得了尘世朴素的尊严。

那时我对小白居住在"道北"这样的地方感到过惊讶。但是这一次，我丝毫不觉得诧异。我看着车窗外渐渐凌乱与破败的景致，觉得兰城的道北，就是这个慌张时代所丢弃的一片垃圾。而这片垃圾，却是郭有持的王国。它宛如当年的十里店，是一块荒凉之地。郭有持对于这样的地方想必是备感亲切的，他会觉得自己这把镰刀又有了把握，又可以所向披靡地发挥余热了。不是吗？除了道北，他们还能躲在哪儿。

他们的藏身之处是一座独立的小院。一栋崭新的大厦毫无间距地矗立在它面前，却把阴暗的背影压迫在它的头顶。我走进那条缝隙一般的巷道，感觉身体两侧的墙都向我倾斜下来，犹如挤压在一根肠子里。它太窄了，迎面过来一个人，就能和你构成狭路相逢的局面。而且，这条巷道还布满了花样百出的障碍，香蕉皮、卫生巾、罐头盒、啤酒瓶……

马斯丽替我打开了那两扇歪斜的木门，暗哑的吱扭声宛如一个垂危的呻吟。我最后一次见到马斯丽已经是几个月以前的事了，而且，见到的还是她钻进车里的一个背影。因此我面前的马斯丽令我一阵心酸。她变得让我几乎难以确认。马斯丽的脸盘像是被吹了气似地浮肿着，本来轮廓清晰的五官全部没有了落差。她的脸成为一张扁平的烧饼了。我没有来得及仔细观察马斯丽，因为随着那两扇门的打开，一股血腥之气就凶猛地扑面而来。

蝌　蚪

　　进到院子里，我一眼就看到了满地斑驳的血迹。它们已经渗进了土里，成为一块块褐色的污迹，在冬天里，竟然有几只苍蝇像蜜蜂般地落在它们上面。我不免魂飞魄散。我惊悚地以为，马斯丽已经怂恿郭有持干掉了庞律师。

　　这时候屋里传来了郭有持的咳嗽声：咳——嘿——哈——咳——

　　然后，郭有持乘着他的咳嗽声出现在我面前。

　　他一边咳嗽一边对我说："卡子，你跑来干啥，去去去。"

　　我努力压制着自己的恐惧，声音颤抖地问：

　　"你们把庞律师怎么了？"

　　郭有持不耐烦地说："没怎么，他好好的，一天吃八包康师傅。"

　　我还是不敢确信，内心的恐惧令我神经质地冲着他叫起来：

　　"你参和这事干吗？这事和你有什么关系？你能得到什么好处？你不老老实实待在十里店，你跑到这儿发什么疯！"

　　这是我迄今为止第一次对郭有持咆哮。我觉得我所有的委屈，都升腾起来，它们像一道伤口里喷涌的血，像火山的岩浆和风中的尘埃一样无可遏制。郭有持被我吓住了。连我自己都被我吓住了。

　　郭有持的声音居然有些嗫嚅。他嘀咕着说：

　　"我有啥好处？我就是看不惯这姓庞的，他搞大了人家小马的肚子，就该给他长个记性。他以为就没人能收拾住他呢，我倒要看看，我能不能给他去去毛病……"

　　说着说着，他就有些沾沾自喜了，那种战无不胜、十拿九稳的派头又回来了，挤眉弄眼地冲着我做起鬼脸。

　　而身边的马斯丽，这时却哭了。她哭得那么克制，完全出乎我的意料。她用一只手捂在自己的嘴上，把呜咽的声音堵塞成呼哧呼哧的喘息。我看到了，马斯丽非但面部变形，而且她的身材也变形了。她本身就人高马大的，如今又无端地粗了一圈，站在那儿捂着

204

嘴哭，就像一头笨拙的河马。我想，这大约是孕期的体貌特征吧。

我看着自己眼前的这两个人，心里突然充满了忧伤的悲悯。对于他们，我从来没有产生过这样的情绪。但是在这一刻，我的心一片怆然。我无力地说：

"庞律师在哪儿？我要看看他。"

我进到了一间昏暗的屋里。如果不是屋顶那片透光瓦流淌下来的一丝微弱天光，我可能真的看不到黑教父的影子。他被捆绑在一张椅子里，嘴上缠着宽大的玻璃胶带，而且，还连人带椅子被塞在了最黑暗的角落里。他那么健壮的身体，现在被压缩成了黑暗的一个附庸。这间屋里弥漫着一股腥臭的污秽之气。当我抬脚向庞律师走去时，踩到了一团软乎乎的东西。我立刻跳了起来，浑身的寒毛都齐刷刷地参立。我下意识地就判断出了，我踩到的是一具尸体。

我踩到的，果真就是一具尸体。它是一条死狗。这可能是条流浪狗。兰城的流浪动物很多，它们来自四面八方，可能也认为在这种活色生香的地方比较容易实现梦想，殊不知，在这样的地方，横死的几率也大得多。这不，郭有持如今就在这座租来的小院里屠狗。真是令人发指啊，他当着庞律师的面，宰杀一条好高骛远的流浪狗，手段极其恶劣，过程无比血腥。我想，即使有着钢铁一般意志的人，在这种恶意的表演之下最终也是会动摇的。反正我是承受不了的。郭有持打开了屋里的灯。我看到了，那条死狗的尸体上布满了累累的刀痕，它们翻着口子，好像是额外地凸在肮脏的皮毛之上。令我更加震惊的是，在它的尸体边上，竟然还撂着一把土枪。

这把土枪我是再熟悉不过的，它蛇头虎尾的样子，很可爱，也很可怜，曾经无数次温暖着我少年时期的梦，如今，它却衬托在这样的画面上出现在我眼前。郭有持随身携带着它，是基于一种什么样的心理？他有他的菜刀，并不需要一把蛇头虎尾的枪来壮胆。难道，他也像少年时期的我一样，只是需要一些额外的安慰，需要一个象征性的信物，才能安然入睡？

那条死狗的眼睛瞪着我，死不瞑目，让我觉得它随时会腾空而起，向我恶狠狠地扑过来，一口咬碎我的喉咙。我痉挛的胃沸腾了，翻江倒海一般。我冲出屋子剧烈地呕吐起来。马斯丽跟在我身后，用手拍打着我的背。

我上气不接下气地对她说："你们这么做，想干什么啊？"

马斯丽说："我就是要他娶我！"

我说："岂有此理，你太愚蠢了，这样做不会有好结果的，你这么做，坏了规矩！"

马斯丽哧地笑了一声说："已经差不多了，他就要答应了，你就等着喝我们的喜酒吧。"

她一会儿哭，一会儿笑，我觉得她疯了。我觉得我自己也快疯了。我在这里目睹的一切强烈地灼烧着我的神经，我想如果再多待一秒钟，我一定就会浑身冒烟的。

我说："你快一些把人放了，快一些，快一些……"

然后我就踉踉跄跄地夺门而逃了。

# 三十八

我东倒西歪地跑出去。那条肠子一般狭窄的巷道帮助了我，两侧的墙将我挤在中间我才不至于跌倒。但是它们也令我窒息，我觉得自己真的是被夹子夹住了，像一只绝望的老鼠。脚下花样百出的障碍让我跑得跌跌撞撞，完全是惯性使然，我才不至于仰面朝天地跌出去。终于跑出了那条巷道后，我不由得蹲下去，抬头大口地呼吸。

可是，我只吸进了一口气，突然就被一只大手从后面捂住了嘴。同时，我觉得自己突然飞了起来，还没有张开翅膀，却又被摁在了地上。然后我又被揪了起来，整个身体被死死地顶在一面墙上。不错，这一连串令人眼花缭乱的动作，出自几名便衣公安之手。他们把我顶在墙上，声音低沉地命令：

"不许叫！"

但不许我叫，是一件多么困难的事情啊！嘴上的那只手稍有松动，我的惊叫就像被弹弓从肚子里发射出来般地冲出了喉咙。我只叫出了小半声，就被重新堵住了嘴。

他们给我戴上了手铐。我曾经把自己幻想成各色人等，在幻想中，成为各色人等后，我也历经了各色的磨难，但我唯独没有幻想

到，有朝一日，自己会被新中国的便衣公安铐起来；在我幻想的经
验里，铐住我的，不是日寇，就是白匪。我的恐惧可想而知。我表
现了一点微不足道的反抗，试图赖着不走。结果两名公安将我架到
了那间厕所里。那间厕所就在对面那栋大厦的三楼，窗口不偏不倚
地正对着我刚刚逃离的小院，所以成为了公安绝佳的监控点。

　　厕所里面飘荡着不好的气味，里面挤满了公安，他们不全是便
衣了，其中有一部分是全副武装着的，个个荷枪实弹。我看到，有
两名戴着钢盔的公安趴在窗口上，将两支长长的枪管伸出窗外。这
就是传说中的狙击手了吧？我知道，他们的枪法都是百步穿杨的，
有的甚至是退役的射击运动员。看到这阵势，我的整条脊椎都凉飕
飕的了，仿佛有一枚游针，直接钻进了骨髓里。一名领导模样的公
安问我：

　　"庞律师情况如何？"

　　是啊，庞律师情况如何呢？我也这样问自己。我刚刚居然没有
仔细看看他。我只顾看那条死狗了。我惊魂未定，但也意识到此刻
自己绝对不能夸大其词，以免恶化局面。我颤抖着说：

　　"他很好他很好，没有任何危险，一天吃八包康师傅。"

　　在我眼里，郭有持和马斯丽的行径尽管恶毒，但还没有严峻到
需要狙击手出动的地步。然而我现在看到了，那两名狙击手始终在
聚精会神地瞄准着，抠在扳机上的手指，一触即发。我下意识地认
为，这有些荒谬，有些小题大做。但当我从这间厕所居高临下地瞭
望出去，我的视角就发生了变化。我站在世界的正面，看到的就是
那座小院的本质。我看到它的屋顶上扔满了各种垃圾：塑料袋，空
酒瓶，卫生纸，快餐盒。这一切，让我都觉得，它就是一块应当被
置于枪口之下的遗弃之地。

　　一名手握望远镜的公安过来汇报说：

"院子里好像有血迹。"

那名领导就把严厉的目光投向了我。

我连忙说："那不是人血，是狗血，他们在里面杀了一条狗。"

"杀了一条狗？"

领导饶有兴趣地问。

我觉得这名领导很沉着，完全符合我心目中指挥员的形象。他表情严肃，但语气却绝不大惊小怪，总是很温和，像煎熬中药的文火。

他用商量的口吻对我说：

"说说吧，里面是什么情况，一共有几个人，都有什么凶器。"

我张口就来："有四个人。"

说完我就发现自己把那条死狗也算进去了。它太令我刻骨铭心，难免不令我格外惦记着。

我立刻纠正说：

"哦不，是三个，三个。"

领导说："都是什么人？"

我说："马斯丽，郭有持，还有庞律师。"

"郭有持？"领导显然是第一次听到这个名字，"他是什么人？"

我有些为难，不知怎样措辞。如果他问我"这人是谁"，我就会回答他"是郭有持"，但是他反过来问我"郭有持是谁"，我就不好回答了。

我勉强着回答：

"是我父亲。"

领导沉吟了片刻，对身边的人说："去查查这个人的底细。"

然后，他继续问我，"他们都有什么凶器？"

我也沉吟了片刻。我说：

"嗯，应该有刀……还有一把枪。"

"枪?"

领导精神为之一振。

我立刻意识到了不妥，赶紧补充说：

"是一把土枪，没什么厉害的。"

我认为我没有撒谎。当年那把土枪在我面前近距离地发挥过威力，它只是打爆了郭有持的肚皮，却给他的阴茎残留下了温度，并没有要他的命。

领导说："嗯，你们绑架庞律师的目的是什么?"

我听出来了，他说"你们"，他显然把我也包括进去了。

我说："这和我没关系呀！是马斯丽想让庞律师娶她呀！庞律师搞大了她的肚子呀！"

我试图将这件事情的性质落实下来，让它回到本来的面目。我说：

"你们不用担心的，他们很快就会把问题解决掉，这只是一个简单的情感纠纷。而且，庞律师也不希望你们介入。"

我认为我总结出了这件事情的本质。在我看来，它的确就是这样子的。类似的事情，每天都在发生。每天都有男男女女挣扎在自己的爱恨情仇中，他们彼此折磨，又绞杀一般的深情款款，状态癫狂，有时候的确就是无所不用其极地抒发着自己的情怀。这根本就是最平凡的事情，哪里需要出动神勇的狙击手呢?

但领导不这么看问题。他说：

"我们不用担心? 可是你们已经杀了一条狗了。"

他依然在说"你们"！这令我觳觫不已。而且，我也觉得他说得有道理。我既觉得杀一条狗不足以成为定性的标准，又觉得一条狗的暴死足以令一切危机四伏。

这时候受命去调查郭有持底细的那名公安回来了。他把领导叫到了一边，背着我汇报起来。我听不到他都带来了什么消息。我其实也不用听。谁能比我更了解郭有持的底细呢？他不就是一把曾经在十里店名噪一时的镰刀吗。被这名公安带回来的，除了郭有持的底细，还有一队人马。这队人马我同样知根知底，他们扛着摄像机，举着麦克风，是我的同事，前两天我还和他们一同奋战在兰城的街头巷尾呢。

领导重新回到我面前。他已经了解了郭有持是个什么人物，脸上的表情不免更加冷峻了。他对我说：

"现在给你一个机会，你配合我们把事情解决掉，愿意吗？"

我当然是愿意的。面对着同事们的镜头，我拼命点头。于是，我的手里就被人塞进了一只喇叭。他们让我向院子里喊话，敦促里面的人出来投降。我站在窗口，不知道该怎样开始喊。我觉得把他们的名字叫出来，实在是很难做到。因此我就开门见山地喊起来：

"你们出来吧！你们已经被包围了！你们再顽固下去，后果就严重啦！"

我的老毛病又犯了。即使铐在手腕上的手铐都不能令我清醒。我举着喇叭喊话，这令我又把自己幻想成了一名正义的使者。我在召唤着迷途的羔羊，动之以情，晓之以理，深切地呼唤着那些需要被救赎的人。

窗外已经是暮色四合。冬日那即将开始溶解和模糊万物的夕阳之光洒在那座院子里，仿佛一池清冷的湖水。

我看到郭有持出来了。他陡然听到我的声音从喇叭里播放出来，一定是觉得很神奇吧？没准，他以为他又回到了电厂准时播放的大喇叭声中了。郭有持双手抱在怀里，大惑不解地抬头仰望着。那件连帽卫衣的帽子，现在被他罩在了头上，这让他看起来像一个站没

211

站相的嘻哈歌手。他在寻找着我的方向，佝偻的体形将一把镰刀的影子惟妙惟肖地投射在脚下。

我的眼里突然噙满了泪水，没有丝毫征兆，这就是后遗症复发了。

我看到了郭有持，就找到了喊话的目标。我继续喊：

"你听我的吧，他们的事情让他们去解决，你只会把事情弄得更糟糕。你做的糊涂事还不够多吗？"

我对郭有持说话，一次很少超过三句。但是这一回，在这种特殊的气氛中，我的语言突然像我的泪水一样汹涌了。我觉得我的肚子里，居然有那么多的话需要对这个人喊出来。我觉得我只有喊出来了，我才能真正地结束自己的青春期。我喊道：

"你逼走了我妈，你逼死了徐末，难道，今天你还要逼死马斯丽逼死庞律师吗？走吧，回去吧，兰城没什么意思，和十里店没什么两样，他们活他们的，你去活你的，我不恨你了，真的，实在不行，我跟你一起回去……"

我呜咽起来，泣不成声。我有那么多话要说，可是说出来的，却都不是自己最需要表达的。我都不知道自己在喊些什么。我心里的那些酸楚，依然无法流溢出来。

郭有持在我的倾诉声中转身回了屋。但是很快他又出来了。我都看到了，他的手里拎着那把土枪。那名领导正举着望远镜观察，那把枪当然逃不过他的眼睛。

"干掉他！"

他果断地发出了命令。

砰的一声，远不如当年那把土枪发射时来得响亮。

世界在我眼里已经彻底动摇了。它丧失了物理意义上的秩序。郭有持是应当应声倒地的。但是在我眼里，那声枪响之前他就已经扑在了地上——狙击手的意念已经提前将他击毙了。这与徐未当年的死一样荒唐，一样儿戏，一样大而化之，在并不足以让人毙命的事态下，便草草了事。他扑在地上，与夕阳下镰刀般的影子合而为一。我猜不透，他拎那把枪出来要做什么？是要向我开火吗？或者是要朝着他自己来一枪？这也不是完全没有可能，他善于拿自己开刀，就像当年，他当着那个煤贩子的面用菜刀削面似地削自己的胳膊。他拿自己开刀后，就又会变得理直气壮了吧？也许，他认为他朝着自己来一枪，就会永远令我闭嘴了……

　　我再也得不到答案了。这回，那根阴茎毫无争议地凉了。无论在哪里，死终究是一件轻而易举的事。它热乎了五十四年，也还过得去。

第三部

岛国

# 三十九


郭有持死了。我被关进了看守所。我在这起案件中扮演的角色必须说清楚。

负责审讯我的，是一名年轻的公安。我的下巴已经刮得铁青了，他却还长着一圈柔软的髭须。他穿着警服，戴着威风凛凛的大盖帽，这令我感到了踏实。你知道，我一直是对不穿警服的公安们心有余悸。

我对着年轻的公安，开始了漫长的追忆。

不用说，这是一团乱麻，乱到需要画张关系图的地步：


　　前女友（马斯丽）→现女友（庞安）→前女友被现女友父亲（庞律师）搞大了肚子→男友（郭卡）的父亲（郭有持）和前女友绑架了现女友的父亲……


我渐渐理出了头绪，我认为如果要把事情说清楚，光画一张关系图是不够的，寻根溯源，有两样东西是绕不过去的。它们分别是一篇作文和一首诗。

作文是我写的。我记录了徐未在我家极尽曲折的一夜。于是，

蝌 蚪

所有的事情都顺着这篇作文衍生出来。它们像自由生长着的野草，最终，开花结果，以徐未的死告终。

诗是普希金写的。马斯丽通过这首诗打动了我。我通过这首诗打动了庞安。于是，所有的事情都顺着这首诗衍生出来。它们像自由生长着的野草，最终，开花结果，以郭有持的死告终。

我发现，这两样东西直接扎根在我肥沃的孤独里。如果我不孤独，我就会用嘴巴去朴素地表达，或者干脆就来个无话可说。可是我孤独，所以我才用文字来辗转地表达了。我无法开口，于是只有借助着这样的方式去倾诉和聆听。分析到这一点，面对年轻公安的审讯，我就有了交代的途径。我向他要了纸和笔，开始用我的方式来把自己说清楚。他给我的纸，是那种审讯笔录的专用纸，上面印着黑色的格子。

必须说明，我之所以能够在看守所这样的地方安心写自己，除了得益于这位年轻的公安（他打了招呼，让其他的在押人员不要干扰我），更多的，还是因为了赵挥发。

你可能已经把他忘记了，这不奇怪，我都甚至已经把他忘记了。我只是在泪水涟涟的时候才偶尔想起他。不错，他就是当年将我一棒子打翻在地的那个家伙。我已经将他淡忘了，如今却在看守所里遇到了他。

我被关进去的当天，一进那扇大铁门，就看到赵挥发拎着把暖水瓶，正在给一名看守倒水。我立刻就认出了他。不是因为他长了十多年依然还是当年的样子，是因为，他已经长成了另一个赵群副厂长的样子。而且，在他的身上，多少还是有着一些徐未的影子。所以，我一眼就将他认了出来。他也是一眼就认出了我。这不奇怪，我知道，在他眼里，我就是另一个郭有持了。我们通过彼此的多来相互辨认。时隔多年，我们俩站在看守所寒风料峭的院子里，相互凝望着，就像当年在他家里一样，彼此之间有种不合时宜的热乎劲儿。

赵挥发是因为飞车抢夺被关进来的，他也是个流行的摩托车劫匪。这家伙神通广大，在看守所里都如鱼得水。

赵挥发请求看守将我和他关在一个监舍里，居然被获准了。

赵挥发把持着监舍，于是我被很好地保护了起来。我们有着共同的回忆，更关键的是，我们还有着共同的徐未。我们曾经在同一辆滑轮车上翱翔过，他不知道，我还曾经替他穿过一件咖啡色的条绒外套。面对赵挥发，我不免心虚。我觉得我和他之间，从本质上说，应该是兄弟一般的，我们都是孤独的人，是徐未的儿子。但我怕他并不这样想。如果他将我视作宿敌，那也是可以成立的。好在赵挥发兄弟的胸襟足够开阔，他这时候已经长成了一条汉子，不像我，依然还是一条怪虫虫。

相对来说，赵挥发比我笔直，是那种一条道走到黑的人。他高中没毕业就去当了兵，当了半截兵就当了飞车党，不像我，总在别别扭扭地矫正自己。赵挥发非但对郭有持不存芥蒂，而且还对郭有持赞美有加。我的后遗症正在复发，经常地热泪纵横，他并不知道这是拜他当年所赐，他将此视为懦弱的表现。他把我当成了一个软蛋，在得知了我进来的因果后，他用郭有持来鼓励我坚强一些。他说：

"你哭个屌！学学你们家镰刀！妈的被包围了都敢亮出枪来！"

尽管他的言辞霸道，但语调却是嗫嚅的，就像在爱抚着舌尖上的每一个字。这源自当年他袭击我后留下的心理阴影。他曾经被仿佛的苍老和厌倦俘虏过，从此对着世界发声，就是一个哀求的语气了。这种语气倒是颇有其父的风范，"专属民国"，像大表演艺术家孙道临。

蝌　蚪

　　他的鼓励对我毫无作用。因为我的眼泪是生理上的事情，就像他可怜兮兮的腔调，是疑难杂症，和心理无关。

　　我安心地写着自己的交代材料，每天大约都能写出五千多字。这个效率令年轻公安感到很满意。在我看来，他对我交上去的材料很感兴趣。他经常会提醒我，不要偷懒，明天他必须看到下文。我也很配合，常常一写就是一整天。这样一来，这个年轻公安对我的态度就好起来。他安慰我：不要有压力，如果真的和案件无关，就不会被政府冤枉。有一次，他还向我透露，我的问题基本上清楚了，马斯丽证明我的确与这起绑架案无关，现在只要庞律师也做出证明，我就会被释放了。

　　他说："你爹也真是邪性，听了马斯丽的三言两语，就弄出这么大的动静。他不知道自己绑架的是谁，那可是庞律师，连我们局长都惊动了！"

　　我并不知道从庞律师怎么就必然会联系出他们局长。这是兰城体面人的秘密，是我所不知晓的"规矩"。现在，抬头就看见哨兵和电网，我不再认为自己对这个世界知之甚少，而是接受了，对于这个世界，自己是一无所知。

　　我问他马斯丽的情况。

　　他让我多操操自己的心，说：

　　"她比你强，至少没被关进来，法律规定了，怀孕期间的妇女不能关。"

　　我感到了一丝安慰。我并不是格外关心马斯丽的遭遇。我是觉得，通过这点，说明这个世界还是讲些道理的。可以安慰我的消息太少了，这时只要不是坏事情，就能安慰我的心。

　　管生来看过我一次。我们没有被允许见面。他留了些食品给我。那些食品中西混杂，有好几斤包子，还有几块三明治。看到了三明

220

治，我就想起了我的庞安。她和管生的影子，像流水一样在我干涸的心田漫过。我的眼睛望着天空，我的眼泪不再只是机械地流淌，它们已经蔓延了我的心。我想，庞安会思念我吗？她是否会有懊丧？如果她没有报案，事态也许就不会演变成一起案件了吧？——也许，马斯丽真的会成功，我们会喝上喜酒，最多只是在酒醉之后惆怅难言。

我被关押了一个多月。春节都是在看守所度过的。郭有持从十里店出发，也许真的是抱着与我共度佳节的愿望。但是如今，我被关在看守所里，而他，已经从这个世界上消失了。

正月初一的正午，我们破例被允许在监区的院子里晒太阳。我和赵挥发坐在阳光最好的一个墙角抽烟。这时一个头发花白的老头从我们面前走过去，一边走，一边旁若无人地喃喃自语。

赵挥发可怜兮兮地对我介绍说：

"这老头有些神经，在这儿关十几年了，放他都不走，倒像是一个住户啦。"

我根本没有听进去赵挥发的介绍。因为我突然被这个老头呢喃着的话语裹挟而去了：

> 虚心的人有福了，
> 因为天国是他们的。
> 哀恸的人有福了，
> 因为他们必得安慰。
> 温柔的人有福了，
> 因为他们必承受地土。
> 饥渴慕义的人有福了，
> 因为他们必得饱足。

　　　怜恤人的人有福了，

　　　因为他们必蒙怜恤。

　　　……


　　赵挥发不满地踢了我一脚：

　　"哭个屌！又哭又哭！"

　　因为在一瞬间，我那倒霉的旧疾又以天体运行般的准时再次发作了。

# 四十

　　我在一个早晨被那位年轻公安送出了看守所的大门。我觉得他对我有些依依不舍。就是在那个时候，他对我说：

　　"郭卡，你写本书吧，我等着读。"

　　我的心里有一些感动。他看出来了吗，我的眼睛又含着泪水了。

　　我不能相信自己已经获得了自由。我觉得这自由来临得缺乏依据，就像我失去它一样，都是毫无道理可言。直到看见了管生，我才觉得自己麻木的心有了百感交集的滋味。

　　管生不但来接我出狱，而且他还陪着我处理了郭有持的后事。郭有持的尸体放在火葬场里，我还以为那应该是由公安们去处理的，根本轮不到我呢。

　　我在火葬场替郭有持买了一只骨灰盒，花了五千块钱，据说是殡仪馆里最高级的一只。

　　火葬场的人收了我的钱后，对我说：

　　"马上就烧。"

　　他告诉我，那三根高耸着的烟囱，一会儿就会冒出烟来。他让我看好了，因为他也不知道尸体会被送进哪只炉子。他说，哪根烟囱冒烟，那就是郭有持的尸体烧出来的。

"你看仔细了，这可是最后一眼了！"他说。

我站在空旷的火葬场，眼睛一眨不眨地望着天空。不一会儿，我果然看到有一股透明的轻薄之烟，从一根烟囱里爬了出来。它们缓慢地在天空中勾勒出了一把镰刀的形状，被风一吹，也依旧保持着造型，向着天边扶摇着收割而去。

等我回过神来，发现管生紧紧地站在我身边，我们的手又挽在了一起。我的口腔里有股怪味，好像含了一把骨灰。

从管生那里，我知道庞安已经离开了兰城。庞律师在这起案件中名誉扫地，于是他就带着庞安离开了。总是有一些人在受到挫折后选择离开，这没什么好奇怪的。庞律师离开兰城，这在本质上和我妈以及唐宋离开十里店是一样的。

> 古往今来一直有人生活在烟尘之外，有人甚至可以穿过烟云或在烟云中停留以后走出烟云，丝毫不受烟尘味道或煤炭粉尘的影响，保持原来的生活节奏，保持他们那不属于这个世界的样子。但重要的不是生活在烟尘之外，而是生活在烟尘之中。因为只有生活在烟尘之中，呼吸像今天早晨这种雾蒙蒙的空气，才能认识问题的实质，才有可能去解决问题。

我又想到了这篇意大利人写的小说，心里无比空虚。

马斯丽呢？她也消失了，或许也离开了兰城吧。不知道她怀着身孕，是否能保持原来的生活节奏，保持她那不属于这个世界的样子。现在，我对这个漂亮的姑娘没有半点反感。她是个真实的人，身体力行，活得比大多数人简单，从肉体到灵魂，都挺苗壮的。她敢于以身试法，去突破那些无所不在、又无可捉摸的"规矩"。我想我以后一定会常常想起这个姑娘，想起她掀起的那一场场风暴。对于我，她将成为一个标杆，当某一天，也被这个世界里那些黑教父搞大了肚子时（这几乎是不可避免的），我将多出一个选择的参照。

郭有持的那只鼓鼓囊囊的双肩包被警方发还给了我。里面果然有些内容。分别是：一套内衣，洗漱用具，一只轻轻一拨就转动不已的滚轴，一副圆坨坨的茶色石头镜，七八千块钱。动身之际，它的里面应当还塞着一把菜刀和一支蛇头虎尾的土枪。这些都不足以令人惊讶，它们各有来历与渊源，不过是往昔岁月的佐证。令我惊讶的是，包里还有一幅折叠起来的世界地图，地球在上面像一个屁股般地被分为两半。这幅地图令我失神。如果这行囊中的其他物品勾连着郭有持的过往，那么，这幅地图，却昭示着郭有持的未来了。这把老镰刀，他随身带着一幅世界地图，这就让背起行囊的他一下子显得辽阔悠远。他在憧憬什么？在遥望什么？憧憬与遥望，将把他穿着登山鞋的脚带往何方？

我依然留在兰城。好在我的工作是保住了。我们台长挺好的，他笑呵呵地对我说：

"小郭啊，好好干，换了其他人，他得给我多少好处才能留下啊？"

唉，这个说话没谱的好人。

但是我越来越感觉到，自己将要离开兰城了。有个声音总是在我耳边说：郭卡，兰城已经变成了你的敌人。如果你不赶快离开，它要消灭你！在这里，彬彬有礼的教养和森严的规矩同样会夹道欢迎你，让你再次成为一个被夹着走的怪虫虫，再次感受那种仿佛的苍老和厌倦……

我想这并不完全是空穴来风。我也是一个流浪动物，混迹在这里；我在电视镜头前举着喇叭喊话的样子，让我成为了兰城的一个名人——那档现场录制的法制节目大获成功，观众们难得一见地看到了一场实战，看到了一个人是怎么被干掉的，过瘾极了。警方也将这起案件当做严打战役的重要成果之一。回到台里，同事们都对我刮目相看。我是郭有持、一个亡命之徒的儿子，如今泄了底，这是个预警，提醒我赶快动身。

可是去哪里呢？如今，我那对于文明与野蛮偏见一般的标准已经瓦解。当年，我遵循着我妈的教导，学习学习再学习，终于离开了十里店，如今，有谁再能够给予我同样的教导，指引我，鞭策我，为我描绘出蓝图？我该如何如何再如何，才能离开兰城？我想到了我的庞安。现在，在我谵妄的构想中，最吸引我的庇护所，是太平洋上的一个岛国。在那里，有一间茅舍，用编织的棕榈叶做屋顶，屋顶上开着一个天窗，一眼望出去，是密不透风的植物迷宫和白色的海岸线；在那里，我将常年裸体，没有放下残存的架子前，顶多在腰间系一块遮羞布；文明不再困扰我，野蛮不再困扰我，因为我会逐渐丧失那种无用的意识；女人不再困扰我，男人不再困扰我，因为我将雌雄同体，从此摆脱十里店和兰城都反对、迫害、否定和消灭我的命运。

# 四十一

　　管生和我住在了一起，我们之间的情谊外人永远不会明白。那其实也没什么玄妙，就是地地道道的纯正的柔情，我只是感到无力为之申辩。

　　春天的时候，我们又一同去了松鸣岩。

　　天气晴朗。春天的松鸣岩一派青绿与嫩黄。

　　"这就是复活啊！"管生不断地说。

　　他说他应该带上画箱，把这造物的神奇记录下来。这一次我们没有向山上奔跑。我们沿着一条小溪，溯流深入了山谷的腹地。我们走得很懒散，用力呼吸着湿润的空气。走累后，我们席地躺在了溪边的青草上。躺在青山绿水中，躺在管生身边，我感到了惬意，有一种从来没有过的随心所欲。这种感觉接近我对于那个太平洋岛国的想象，是一种我从小就梦寐以求的不粗暴的享受。

　　有一群姑娘在我们不远的地方野餐。她们是一群大学生吧，个个青春焕发，仿佛都憋着一团火。她们发现了我和管生，不知什么缘故，居然对着我们起哄了。其中有一个胖乎乎的，胆量格外大，她勇敢地向着我们喊道：

　　"呀！两个帅哥呀，你们躺在一起做什么？"

　　管生很生气，跳起来用手捧了溪水去泼她。他一泼，反倒是火上浇油，把那群姑娘全都点燃了。她们看他有了反应，高兴得像一群嘈杂的母鸡。她们似乎和春天一样地兴致勃勃。她们叽叽喳喳地扑过来，纷纷加入到战斗中，把溪水劈头盖脸地撩向管生。管生也兴致勃勃起来，大叫着向她们还击，很快就和她们湿漉漉地打成了一片。

　　我躺在草地上，仰面朝天，觉得世界如果就在这样的时刻凝固住，那就是最美妙的末日。如果就让我在这样的时刻慢慢地死去，我一定安详并且满足，我的生命才显现出意义。

　　管生突然大叫起来：

　　"卡子快来！蝌蚪！这里有蝌蚪！"

　　那帮姑娘也夸张地尖叫起来：

　　"呀！蝌蚪！蝌蚪！"

　　我沉浸在自己的喜悦中，无暇去分享他们的欢乐。管生很快回到了我的身边。他不知从哪儿搞到了一只罐头瓶，里面盛着清澈的溪水，有几只墨点似的蝌蚪在里面不易觉察地游来游去。在我看来，那只罐头瓶就像一块大琥珀，而那些蝌蚪，宛如被凝固在了远古时代流溢的植物油脂中。

　　管生把它举在我的眼前，轻声说：

　　"看啊，蝌蚪。"

　　他说："嗯，我们都是蝌蚪。"

　　这句话我依稀记得他说过。是什么意思呢？我想了想，觉得他的比喻很贴切。可不是吗？我们就是蝌蚪啊，没有性别，来路不明，我们不像青蛙，我们也不像蛤蟆，我们不过是一只只怪虫虫，寂寞地游着自己的泳。

　　回去的路上，我又想起了庞安。我异想天开地对管生说：

"也许庞安现在去了太平洋上的岛国了吧，不知道那里是否也春意盎然。"

"什么太平洋？什么岛国？"

管生抱着那只罐头瓶，一路上都在欣赏那几只蝌蚪。他对我的话并不理解。

我说："也许她去找林楠了呗，没准，庞律师这次不会阻拦她了。"

"谁是林楠？"管生疑惑地看着我，他被弄湿过的头发遮盖着额头，好像女人们的刘海。"卡子你说什么呀？"

我比他更疑惑。他怎么会不知道林楠呢？那可是曾经与庞安惊天动地爱过一回的人啊！我对管生费了许多口舌，他才明白过来。他明白过来后，就笑了。

管生说："嘿嘿，你也被庞安骗了呀。哪儿有什么林楠，全是她虚构出来的。她总是对人虚构这段爱情，只是每次编出的人名不一样罢了。"

我觉得自己又被人在后脑勺上痛击了一棒子。我干脆闭上眼睛，这样我的眼前才不会天旋地转地晃动。可是，庞安为什么要虚构出一场莫名的爱情呢？

——庞安在十几岁的时候，把自己的一个伙伴带到了家里。那个女孩是她在艺校最好的伙伴。有一天，庞律师把她的这个伙伴抱在了腿上。他本来是在教那个女孩弹钢琴的。当时正值盛夏，庞律师穿了条西装短裤。所以庞安从窗外望进去，就觉得那个伙伴变成了恐怖的妖怪——她粉白的裙子下，却长出了两条毛茸茸的粗腿。紧接着，她听到了那个女孩尖锐的嘶叫。这件事情最终是个什么结果，庞安并不知道。她只知道，那个女孩很快就离开了艺校。少女庞安失去了一个伙伴，并且很快就失去了所有的伙伴。那些花朵一样的艺校女生突然都与她疏远了，在跳舞的时候，她们都有意和她拉开距离。她们像躲避瘟疫一样地躲避着庞安。比如有些舞蹈动作，本来需要在旋转、跳跃时牵起手，相互借助一些力量来完成，她们却畏首畏尾地不肯与她好好配合，常常让她失去重心地摔倒在地。庞安被阴影笼罩，渐渐被生活隔绝，使她忘记了日常的价值和存在。少女庞安觉得，也许其他人都是正常的，反倒是自己形状可疑，变成了世界以外的某种古怪动物。

"她是有些神经质。"管生叹息道，"她总是虚构一个男人，这个男人是她爸爸的合伙人，但却诱奸了她。她觉得这样，就是对她爸爸最有力的控告了。"

管生说："庞安的这个特殊嗜好，我们团里人人都知道。她几乎每一次谈恋爱，都会给对方虚构这段不名誉的爱情。大家都觉得她很可怜。但是知道原因的，恐怕就只有我了。庞安很信任我。但是其他的人，就觉得她脑子有问题。"

管生着迷地观赏着他怀里的罐头瓶。他自言自语地说：

"我是理解庞安的。我们都是蝌蚪，喏，是一群古怪的孩子。"

我大约是听明白了。不错，我的庞安，你也如我一样，你的大脑习惯去编织世界，因为你自己的世界也如我一样，熔化在挫败、遗弃、惊愕和孤僻中了。感谢你，为我编织出了一个太平洋上的岛国。

但我心里的疑惑依然强烈。因为还有关键的一环，没有得到解释。是啊，还有那些照片。我是亲眼目睹过的，那个所谓的林楠，他的照片在我看来，就是一张张的郭有持：他坐在海边的石头上，他站在热带的雨林里，穿着白西装，穿着黑西装，向我体面地笑着。庞安说我们长得都一模一样。如果这个人是庞安虚构出来的，那么我呢？我就是真实存在着的吗？难道我也是某个人虚构出来的家伙，是水中的花朵，是镜中的月亮，只存在于无尽的虚无之中……

回到家后，我做的第一件事情就是翻出了庞安遗留在我那儿的几只箱子。我将箱子里的东西抖搂了一地。它们是一堆种类复杂的物品，有毛茸茸的玩具，有化妆品，有庞安的胸罩内裤，甚至还有一把漂亮的藏刀。在这些物品之中，我果然找到了那本六寸大的简易相册。我把它捧在手里，却不敢去翻看。我只有把它交给了管生。我说：

"你看，这就是庞安的那个林楠，他是真有其人的！"

"哈！"管生接过去，一翻开就笑了起来。他说：

"这不是我们团的老团长吗，已经退休好几年了。庞安怎么会有他的照片呢？有意思，嗯，真有意思。"

我颤抖着说："那你看看，更有意思的是什么？"

管生说："是什么呢？"

我艰难地说："你，不觉得，我和这个人很像吗？"

"像吗？"管生说，"我怎么看不出来。"

我的心因为激动而猛烈抽搐。我把头伸过去，决定最终与那个照片上的人进行对质。

天啊！我看到了什么？那的确不是我，那居然是一个又一个的管生。他坐在海边的石头上，他站在热带的雨林里，赤身裸体，阴茎悬垂，屁股窄窄地向上翘着。我遽然转过脸去。我不再敢看眼前的那些照片。此刻我不是一个兰城人，此刻我也不是一个十里店人。陆地已经没有指望，如果可以，我，我的庞安，我们这些孤独的虫子，将会依靠自己那微不足道却又高贵的能力，一举将自己寄托在一个太平洋的岛国上。那其实不是一块地理意义上的庇护所，它的经度和纬度，只来自我们内心耽于的臆造、杜撰和虚构，而这些美妙的能力，毫无疑问，源于神赐。

　　我觉得我的身体在发生变化，仿佛有不属于自己的器官，在肌肉里，在骨头中，挣扎着蠕动，随时会撑破我的皮肤，张牙舞爪地在现实中生长出来。可是我回过头，就看到了那只琥珀般的罐头瓶，那几只蝌蚪啊，依然在不易觉察地游来游去。

　　我闭上了眼睛。我不敢去看它们。我害怕自己亲眼目睹，它们只一瞬间，就变成了青蛙，或者蟾蜍。

　　这时我的手机叫起来。我闭着眼睛听到手机里一个女人悲怆地对我说：

　　"儿子。"

# 后记：十里店经常会有陌生的面孔出现

弋 舟

这部小说肇始于习习的一篇散文。她在那篇散文的开头写道：十里店经常会有陌生的面孔出现。

因为是熟稔的老友，当日酒中，我跟习习说：这个开头，可以拉开架势，就此写出一部长篇小说。此言或可归咎于一个写小说的面对一个写散文的同行时，那种毫无道理可言的自以为是。——是不是呢？在这里我暂且不做剖析。我要说的是，当日之言，除了显而易见的浮浪，于我而言，也确有恳切的一面。

十里店经常会有陌生的面孔出现。

首先，从小说的方法论上讲，这句话千真万确，够得上是一个好的起势；其次，就这句话的内在况味而言，它还在一瞬间唤起了我那似是而非的乡愁。

在散文家习习笔下，"十里店"是一个地理意义上的实指。现在我想，当日我信口开河，不过是因了一个写小说的家伙，对于习习和散文拥有这种地理意义上的实指、并可藉此言说，而产生出的美慕嫉妒恨。"十里店"对于散文家习习而言，可以视为故乡一般的立脚点，起码，在那块地图上找得到的巴掌之地生活战斗过后，她储备了来日写作的一小部分资源，并且能够以一种"真"的"散文式"的态度来还原过往的经验。而这些，对于我却是宿命一般的阙如。不是说我从来御风而行，不曾落脚于某块"十里店"，这不符合逻辑；也不是说我胆敢轻视散文这一文体，认为其"真"可疑。是说，这世界之所以千姿百态乃至千奇百怪，恰是因为大部分逻辑针对大部分具体而微的生命时，往往便骇然失效，而这失效的一刻，小说捕捉起来却最为合宜。我的每一天都是在某块实在的"十里店"度过的（事实上，我一度栖身的那座学院，便与习习的"十里店"近在咫尺），但无论幸与不幸，在"十里店"或者"故乡"这个逻辑命题上，我就是被扔进了"具体而微的生命"中的一个。我没有故乡，不断被放逐与自我放逐。这就是我一切怕和爱的根源。对此，在这里我仍然暂且不做剖析。我想说的是，"没有故乡"，毕生面对的大多是逻辑失效的那一刻，才是我选择了小说这门艺术的根本动因。

　　我常常以己度人，认为小说家每一笔动人的书写，大约都该源于自己的"没有"和"失效"。因为"没有"，所以虚构，因为"没有"，所以严肃认真地自欺欺人，以此让盼望炽烈和成为可能（在这个意义上，也许将爱写到极致的小说家，大抵应当是一个在现实中极度缺乏爱的人）；同样，因为经年在"失效"的逻辑面前肃立，小说家才动手在自己的作品中再造另外的逻辑，以此给自己一个"有效"的立场，让自己不再显得那么勉强和荒唐。这些看起来等而下之的选择，诚然确保了一名小说家所必须具备的那部分品质，但稍微慈悲的人都会明白，我这其实是在叹息。

　　回到那句话——十里店经常会有陌生的面孔出现。

　　有了方法论和内在况味的驱使，再有些小说家不甘于散文家之后的虚荣，酒后四散，我只有提笔写将起来。此一写，写下了我迄今最令自己喜爱的作品。

这部小说在我的写作中是个特例。它完全没有经历那番我几近"恶习"的不厌其烦的修改。对它，我有着某种无法说明的信任。让它自己长，让它自己跑，让它以一种逻辑上理应令人担忧的饶舌去实现令人费劲和惊讶的轻盈。它部分地满足了一次我对于自己阙如的"故乡"的杜撰，很大部分兑现了我对于自己天性中耻于示人的那一面的承认。在这块属于我的"十里店"，我得以顾盼一个少年的成长——他总是泪水汹涌，将羞怯顽固地当做是一种教养和美德，他永远活在不安之中，永远对自己不满，渴望爱和被爱，幻想着某一日心甘情愿地瘫倒在某双白玉般的脚下……当然，他就是我。当然，他断然不是我。当我以小说的方式勾勒出"十里店——兰城——岛国"这么一个递进而又循环往复的空间时，我充分感受到了唯有写作之事才能给予我的那种象征性的慰藉。于是，小说的逻辑建立起来了，徜徉其间，我宛如回到了故乡，觉得自己就是一个合理的人，一个不尴尬，跟谁都能交代得过去的人。

十里店经常会有陌生的面孔出现。

这句散文家写下的话，它所饱含的温暖与惊悚，所饱含的无论现实世相还是虚拟世相都无可躲避的纷扰与荒凉，在这部小说中，我已尽力放任着任由小说自己去自由地呈现了。那种对于"故乡"永难企及的自知，那种我实难启齿的对于安全感的缺乏，让我不惮虚张声势，用一种堪称一厢情愿的一往情深，如是展开了对于这块巴掌之地的描述：十里店被山环抱着……

而我，拉出山来壮胆，不过是想显得更理直气壮些，想将一切泡影写得更具说服力；不过是，想把饼画得更可充饥。因为我从来知道并且信赖，艺术所能给予人的安慰，正是在这样的辩难

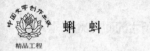

蝌 蚪

时刻。

　　此时是西安的盛夏。我在这座城市出生和成长，在这座城市开始了放逐和被放逐。它盛夏的酷热，永远对我有着现实与虚拟的双重意义。感谢此刻我身边的那些人，请原谅我常常将你们混淆进另外的一个空间，也许是我太在乎，才将大家时常地视为了小说逻辑中的存在。感谢老友习习，她以一个散文家的胸怀常常宽宥我的狂妄。感谢《作家》的王小王，她在原刊中写下了对于这部小说最具说明和善意的推荐词：这是一个让人惊喜的发现——《蝌蚪》因为努力游离出去，反而导致了汹涌的前来。

2012-7-26西安

图书在版编目（CIP）数据

蝌蚪/弋舟著. –北京：作家出版社，2012.12
（中国文学创作出版精品工程）
ISBN 978 – 7 – 5063 – 6603 – 8

Ⅰ.①蝌… Ⅱ.①弋… Ⅲ.①长篇小说 – 中国 – 当代
Ⅳ.①I247.5

中国版本图书馆 CIP 数据核字（2012）第 207939 号

**蝌　蚪**

作　　者：弋　舟
责任编辑：雷　容
装帧设计：曹全弘
出版发行：作家出版社
社　　址：北京农展馆南里 10 号　　邮编：100125
电话传真：86 – 10 – 65930756（出版发行部）
　　　　　86 – 10 – 65004079（总编室）
　　　　　86 – 10 – 65015116（邮购部）
**E – mail：zuojia@zuojia.net.cn**
**http：//www.haozuojia.com**（作家在线）
印　　刷：三河市华业印务有限公司
成品尺寸：152 × 230
印　　张：15
版　　次：2013 年 1 月第 1 版
　　　　　2015 年 4 月第 2 版
印　　次：2015 年 4 月第 2 次印刷
**ISBN** 978 – 7 – 5063 – 6603 – 8
定　　价：25.00 元

**图书在版编目（CIP）数据**

蝌蚪/弋舟著. –北京：作家出版社，2012.12
（中国文学创作出版精品工程）
ISBN 978 – 7 –5063 – 6603 – 8

Ⅰ.①蝌… Ⅱ.①弋… Ⅲ.①长篇小说 – 中国 – 当代
Ⅳ.①I247.5

中国版本图书馆 CIP 数据核字（2012）第 207939 号

# 蝌　蚪

作　者：弋　舟
责任编辑：雷　容
装帧设计：曹全弘
出版发行：作家出版社
社　　址：北京农展馆南里 10 号　　邮编：100125
电话传真：86 – 10 – 65930756（出版发行部）
　　　　　86 – 10 – 65004079（总编室）
　　　　　86 – 10 – 65015116（邮购部）
E – mail：zuojia@ zuojia. net. cn
http：//www. haozuojia. com（作家在线）
印　　刷：三河市华业印务有限公司
成品尺寸：152 × 230
印　　张：15
版　　次：2013 年 1 月第 1 版
　　　　　2015 年 4 月第 2 版
印　　次：2015 年 4 月第 2 次印刷
ISBN　978 – 7 – 5063 – 6603 – 8
定　　价：25.00 元